文芸社セレクション

# 機械の記憶

那木 馨

NAGI Kaoru



文芸社

# 機械の記憶

## ◆プロローグ・完成◆

この世に人の手で起こせる奇跡があるとしたら、それはきっとこれのことだ。ずっとこの瞬間を夢に見てきた。そのための努力も惜しまなかった。けれど、いざ現実のものになると徹夜しすぎた頭が見せている都合のいい夢のような気がして信じられなかった。

真っ白な肌をして目をつむる姿は本物と比べてもなんの違和感もない。近寄って見てもシミも皺も、もちろん毛穴一つさえ見当たらない。足の先から頭の先まで全てが完璧に作られた奇跡の姿がそこにあった。その素晴らしさは見た目だけではないことを、手掛けた自分自身が一番よく分かっている。

一人で見上げながらこれまでの日々のことを思い返した。本当に長い道のりだった。毎日毎日勉強に明け暮れて相当の知識を身につけた。色んなことを試して何度失敗しても挫けずに新しい道を模索した。何度か本気で完成は無理なんじゃないかと弱気になってしまうこともあった。そうした時間と費やした労力の結晶が今、目の前にある。熱いものがこみ上げて涙が滲んできた。誰も見てはいないのに、なんだか気恥ずかしくて落ちる前に袖で目を擦った。

このまま見ているだけでは奇跡はただのお飾りだ。数歩近づいて首に手を伸ばす。さっきよりもぐっと顔が近づく。眉毛の一本一本や扇状に広がったまつ毛の生え際まではっきりと見える。

指先でうなじを探って丸くて硬い窪みを探し当てた。緊張で胃が縮こまってる気がして、数回呼吸を整える。

この奇跡が動き出した時の挙動を何度も反芻した。

「いよいよだ。頼むぞ」

希望を込めて、窪みを深く押し込む。

カチッという小さな合図の瞬間、古い知人の顔が頭に浮かんだ。

◆一◆

たいした希望も考えもないまま、なんとなくで入った大学で迎えた夏。昨日と変わらず今日も最高に蒸し暑い。湿気のせいでTシャツも肌にくっつくし、太陽は絶対に地球をフライパンか何かだと勘違いしてる。

五分も歩けば背中に汗が垂れることは分かっているのに、それでも出かけなくちゃいけない朝は気が重い。テレビでは猛暑日が何日続いているか、なんて要らないカウントを日々更新している。今日は午後から嵐が来るらしい。少しでも涼しくなることを願ってテレビを消して家を出た。

その予報を忠実になぞるように、二限目の講義を終えた時には空は暗くて分厚い雲に覆われていた。朝は迷惑なほど快晴だったのが嘘みたいに外は灰色に変わっていて、湿気た熱い風が葉っぱと女子のスカートを揺らしている。まだ雨は降ってないのを確かめてから、手をポケットに突っ込んで学食に向かって歩き出した。

土地に余裕のある地方大学にありがちな無駄に広い構内を歩くと正門の近くに大きな白い建物が見えてきた。他の建物はどれも古いのにそこだけオシャレで新しい。入学するちょっと前に建て替えられたらしいと噂で聞いた。大きなテーブルと椅子がいくつも並んで、二階に少しだけ作られたスペースは外が見えるロフトになっている。建物全体が小綺麗な中で食券の自販機だけは前と同じ物を使い続けているらしく、使い古されて薄汚れたオンボロの前に皆が並んでいた。

どれを食べるか悩んでいる奴を横目に通り過ぎてカウンター席を目指した。

学食のものを食べる選択肢もあるけど、入学初日以外に使ったことはない。列に並んで待つのも配膳のおばさん達とのちょっとしたやりとりも億劫で、二日目からは自分でパンを用意するようになった。毎日スーパーの安売りのパンを食べてるせいで近所の店にあるパンはどこもだいたい食べ尽くした。その中で特に好きな組み合わせがたまごパンとあんぱんだ。今日もその二つを手に一面ガラス張りの窓に面したカウンターに座った。

学食のカウンターは入口から一番遠いし空調も効きにくい。足元までガラスが張られて外から見えるもんだから、スカートの女子には特に不評の席だ。誰もこの席に座ろうとしないのをいいことにカウンターの一番右端を俺の定位置にしていた。今日みたいな日は薄暗いし暑いけど、人の目を避けて落ち着けるところが気に入っている。

鞄から紙パックの牛乳を取り出して、イヤホンで好きな配信者の動画を聞きながらパンを齧る。ガラスの向こうはますます風が強くなっていて、知らない女子がスカートの裾を必死に押さえながら歩きにくそうにしていた。長い髪の毛も右に左に煽られてほとんど前が見えていなさそうだ。貞子みたいに歩く様子を観察しながら動画のジョークに耳を傾けつつ口を動かした。

「そんなにパンツが見たいのか」

　イヤホンの隙間から声が聞こえて、隣の席にトレーが置かれた。あんぱんを頬張る手を止めて顔を上げると、そこには黒ぶちの眼鏡をかけた知らない男がニヤついた顔で立っていた。

「……はい？」

「見えてもそんなにいいもんでもないだろ」

　怪しげなそいつは何故か当たり前のような顔をして俺の隣に座ってきた。見た目からしてここの学生ではあるんだろうけど、俺は顔すら見たことがない。誰か知り合いと俺を間違えてるのかと思って無視したら、そいつはまた口を開いた。

「こんな日にわざわざスカートを着てくるなんて馬鹿じゃないか？」

「あの……俺ですか」

「何言ってるんだ？　ここにはお前しか居ないんだから、お前に話してるに決まってるだろ」

　驚いたことにこいつは俺に話しかけてきているらしい。イヤホンが見えてないんだろうか。

「――別に、何着てたっていいだろ」一応、返事をしてみた。

「歩きにくいし風で捲れるのなんて分かりきってるだろ。実は見せたいのか？」

「さあ……オシャレなんだろうし……」

そんなことより隣の男が不審すぎて怖かった。髪はボサボサで寝癖がついてるし、無地の黒いTシャツは皺だらけで襟が黄ばんでいる。

「そうまでして着飾ることに意味があるのか？　寝巻きで来たとしても死ぬわけじゃあるまいし」

「俺に言われても――」

「オレは実用性を求める賢い奴が好きだ」

「はあ……。というか、誰すか？」

「分からないのか。同じ学部のアヤセだ。同学年だぞ」

そう言われてもこっちは分からないから聞いてる。入学式もその後の学部での集まりもすっぽかした俺が、同じ学部なだけの男のことなんて記憶に残してるはずもない。

「いや知らないし。他の席行けよ」

「嫌だね。ここはお前の所有物か？　違うだろ。オレだって好きな席に座る権利がある」肘を突いて煽るように笑う。

「何こいつ、めんどくさ……」わざと聞こえるように呟いた。

「お前毎日パンだよな。飽きないのか」絶対聞こえてるはずなのに、むしろそいつは体を寄せて俺の手元を覗き込んできた。

「見んなよ」体勢をずらして相手に背中を向けるように隠した。

「なんだよ。別に見たってパンはなくならないだろ」

そう言いながら横から手を伸ばしてパンを取ろうとしたから、開いてる方の手で思い切り跳ね返してやった。

「うっとうしいな、なんなんだよっ」

イヤホンを外して正面から相手を睨んだ。洗濯なんてしてないような服を着て、長い前髪から覗く目は小さいくせに強い力を放っている。不健康そうな細身の体形で運動をしてないのが一目で分かった。全体的にどこかオタク臭い奴だ。

そいつは向かい合った俺の顔を一瞬見てすぐ目を逸らすと、トレーに載せた箸に手を伸ばした。

「ふん、そんな怒んなよ。せっかくの美形が台無しになるぞ」

「こっちは真面目に――」

言い返しかけた瞬間、耳を塞ぎたくなるような物凄い音が辺りに鳴り響いた。

頭を押さえつけられるような轟音と同時に全ての電気が消えて、学食全体が一瞬で暗く冷たい空間に様変わりした。どこかで短い悲鳴をあげる女子の声がした。

「――停電？」

「ああ……」

何も音がしない。喋る声も自然と小さくなった。電化製品も全部止まったせいでより一層静かな気がする。

その後も少し遠くで立て続けに雷が鳴った。一拍置いてガラス窓に一滴雨粒が落ちてきて、降り始めたと思ったら一分もしないうちに外は土砂降りになった。

「急だな……。さっきまで平気だったのに」

周りのテーブルでちらほらとスマホのライトが付き始めた。騒ぐほどのことではないと判断した学生はその光を頼りに昼食の続きに戻っている。俺と隣の迷惑な男もスマホの灯りを点けて続きを食べることにした。どっかに行けばいいのにそいつは平然と俺の隣に座り続けている。口の中をあんこの甘さで満たしている時に隣からカレーうどんの刺激臭がするのはなかなかな迷惑行為だ。俺が別の席に行こうかとも思ったけど、俺も俺で意固地になって無言のまま二人並んで座っていた。

停電で空調も切れた食堂はどんどん熱気が籠ってきた。パンを食べてるだけなのに背中がじんわり汗ばんでくる。カレーうどんを食べてるそいつはこめかみから汗を流しながら麺を啜っていた。

結局二人が食べ終わっても電気が復旧する様子はなかった。厨房のほうではバタバタと人が行き来しておばちゃん達が何かの指示を飛ばし合っている声がする。服を掴んで扇いでも、体温のこもった空気と学食の熱された空気を交換しているだけであまり意味はなかった。

「暑いな……」

「うん」

「出るか」

「ああ」

　隣の男はトレーを持って、俺はゴミを丸めて立ち上がった。座ってた時は気が付かなかったけど、そいつは猫背なだけで身長は俺と同じくらいありそうだ。外はますます風が強くなっていて学食の周りに生えてる木も折れそうなくらいしなってる。遠くだったり近くだったりで雷の音がして、時々空にストロボみたいな光が走った。向かいに立ってる講義棟の軒先で学生数人と教員が空を見ながら何か話している。俺と隣の不審な男も学食の屋根の下で様子を窺った。この様子じゃまだまだ当分止みそうにない。

「もう濡れてくしかないか」隣の男が呟いた。

「俺は折り畳み傘がある」

「なんだ、準備がいいな」

「嵐が来るって天気予報で言ってただろ」

「大学に泊まってたからな。見てない」

「じゃあ風呂も入ってないのか」

「一日くらい入らなくても死なない。お前次の教室どこだ」

「第二講義棟だけど……。まさかついてくる気か」横目で相手を見る。

「偶然オレも同じ場所だ。二人で傘を分け合ったほうが効率的だな」そう言って、眼鏡のズレを指先で直した。

「……」

無視して先に行こうとしたら、肩に腕を回されて強引に阻止された。

「まあ待て」

「離せよ」

「名前は？」

「教えない」

「知っといて損はないだろ。同じ学部なんだし」

「変な奴とは知り合いになりたくない」

「そんなこと言って。いつも学食のカウンターに座ってる男は覗き魔だって言いふらすぞ？」

「そんなデタラメ誰が信じるか」

「信じるさ。どうせ皆馬鹿なんだ」眼鏡の奥の目が完全に楽しんでいる。

謎の不審者を追い払おうとしてるうちに時間がなくなって、放って行こうと傘を開いた隙にそいつが入ってきてしまった。仕方なく並んで歩いてる途中も、そいつはずっと変に絡んできた。

「オレを見かけたことくらいはあるだろ」

「だから知らないって」

「なら覚えておくんだな。将来オレは有名人だ」

「はあ……。そもそもなんで俺に絡んでくるんだよ」

「変わり者だと思ったからだ。一人で群れたがらないのも見込みがある。それだけ芯があるということだ」

「偉そうだな。——名前なんだっけ」

「さっきも言った。オレはアヤセだ。将来は研究者として活躍する。覚えとけ」

嵐の空に向かってアヤセが吠えた。

思えばこの時からアヤセは実にアヤセだった。自信家で上から目線で、頭が良くて拘りが強い。そして何より自分の研究分野に関しての没頭っぷりが群を抜いていた。頻繁にゼミの研究室に寝泊まりしてるせいで、いつも痩せて汚れた捨て猫みたいだった。

その嵐の日をきっかけに俺とアヤセは並んでカウンターで昼食を食べるようになっ

た。別に俺は許したわけではないけど、アヤセが勝手に俺の隣に座ってくるようになってしまった結果だ。先に居た俺が場所を移すのは負けた気になるから俺もアヤセを避けて座ることはしなかった。俺がカウンターの一番右端でその隣がアヤセ。我が物顔で人のテリトリーに踏み込んできてあれこれ執拗に話しかけたり、逆に無言だったりする気まぐれさも自由奔放な猫を思わせた。アヤセが先に食堂に着いている時なんかは、わざと空けてある端の席に座る俺を見てにやついた顔をする。まるで「お前もまんざらじゃないんじゃないか」と言っているように見えた。

俺はいつもたまごパンとあんぱん。アヤセはいつも学食のうどん。そうやって並んで食事をしているうちに自然と話す機会も増えた。

アヤセの専攻はロボットのプログラミングで空き時間があれば研究室でプログラミングの構築に没頭していた。週に一、二回は前の日と同じ服を着ている時があって、そういう時は目の下にクマを作りながら「やっぱりオレは天才だ」と何かに取り憑かれたように呟いていた。

当然、勉強に励む意欲もない俺なんかより成績は良くて、意外と面倒見のいいところもあった。こっちが下手に出て丁寧にお願いすれば、文句と多少の嫌味を言いながらでも、ちゃんと理解できるまで教えてくれる。頭の悪い奴は嫌いなのに自分の知識を人に教えるのは嫌いではないらしい。自分の得意分野になると嬉々として話し出して止まらない癖があった。

　アヤセは子どもの頃から人より勉強ができて、塾ではいつも自分の学年より二つも上の内容を勉強していたらしい。そのせいか学校で周りの低いレベルに合わせていなくちゃいけないのが馬鹿馬鹿しくて、人間を相手にするより機械いじりばかりしていたそうだ。一人で居ることを寂しいと思ったこともなく、むしろそうして没頭していたことで絶対に揺るがない自分の目標ができたと言った。それはアヤセが考える『完璧な人間』を具現化したアンドロイドを作ることだそうだ。

　知り合って数か月後。その日もボサボサの頭でうどんを啜りながらそんな話が繰り出された。

「そりゃまた変わった夢だな」たまごパンの最後の一口を牛乳で流し込んだ。

「いい夢だろ。生身の人間はレベルの低い奴が多すぎるんだ」

「そりゃお前に比べたら大抵の奴は頭悪いだろ」

「学力の話じゃない。そんなものは後からいくらでも、どうにでもなる。オレが言ってるのは知性と理性ある人としての品格の話だ」

「品格……」また難しいことを言い出した。

「そうだろ？　犯罪まがいの悪戯をして、それをわざわざネットにのせる馬鹿ども。イベントにかこつけて公共の場でドンチャン騒ぎをした挙句、物を破壊したりドブ川に飛び込んで喜ぶ狂人。例を挙げればキリがない。人はいつからそんなに野蛮になった？　犬や猿のほうがよっぽど賢くて上品じゃないか。人類が手遅れになる前にな、オレが人としての模範ってやつを見せつけてやるんだ」

隣で四百円のうどんのかきあげを齧りながらやけに熱く語っている。

ガラス窓の外では週末から始まる文化祭に向けて色んなグループが屋台用のテントを建てている。丁度俺達から見える位置でも、男女混合の集団がテントの骨を組み立てて布を張ろうとしていた。

背の低い女子が一生懸命背伸びをして紐を括りつけようとしているところに男子がやって来て作業を代わってあげている。女子が何かを言って軽く男子の肩に触れた。ガラスの向こうは青春の真っ最中だ。

「そんなに周りを馬鹿だと思うなら、なんで俺には無理矢理絡んできたんだよ」

「お前なら多少はオレと釣り合うかと思ったんだ。結果はそこそこだったけどな」

「偉そうだな」外の男女の様子を観察しながらあんぱんの袋の口を開けた。

「そこそこでも、かなり高得点なんだぞ。これまでの奴らは本当にしょうもない奴ばっかりだった」

一度ここで言葉を区切ってうどんを飲み込むと、声色を変えてここに居ない誰かを演じ始めた。

「そういう奴の言うことは決まってる。『もっと皆と同じようにしなさい』『お前もそろそろ現実見ないとな』『それってえ、なんか意味あんの？』てさ。オレの目標があたかも無駄みたいに言うんだ。くだらないと思わないか？　仮に、仮にだ。あいつらの言うことが正しかったとして、それで奴等に不都合があるのか？　オレが損をするだけだろ？　オレの夢はいつか人を幸せにする。それが分からない奴は黙ってて欲しいね」

怒りの勢いのままうどんを一気に吸い込んで、口いっぱいにモゴモゴと咀嚼した。

「口出しされるのが嫌なら少しくらい身なりを整えろよ。そんな野良猫みたいな格好してるから周りも口出ししたくなるんだろ。形だけでも整えればやかましいのも少しは減る」

そう言うとアヤセは俺のパンをじっと見つめた。

「……確かに。明らかにツッコミどころのある奴が居ると口を出したくなるな」

「なんだ？　毎日うどん食っている奴のことか？」

「毎日たまごパンとあんぱん食ってる奴のことだ」

「馬鹿言え。たまごはタンパク質だし、小豆は身体にいい」

「ならオレの研究とうどんも、オレの精神と健康にいい。知ってるか？　仏教では悟りを開いて高尚になればなるほど質素な服装になっていくんだ。つまり、オレもそれと同じだ。これはオレの高尚さの表れだな」

　自分で言っておきながら、アヤセは納得したようにうんうんと頷いた。

「お前の高尚さは感じないけど……。純粋に凄いよ。そこまで打ち込めるほど夢中になるなんて、俺には無理だ」

　俺を横目で盗み見して、最後のかきあげを口に放り込む。

「そういう奴ほど、何かにハマると強いと思うけどな」

「じゃあ、俺も何か壮大な目標を立てるか？」

「例えば？」

「そうだな……。四年間たまごパンとあんぱんを食べ続ける」

　アヤセはやれやれと首を横に振った。

「勝手にどうぞ。ついでに、それによる健康被害でもまとめて論文にでもしたらどうだ」

「止めないのか」

「オレは自分のやることに口を出されるのも、人のやることに口を出すのも嫌いだ。お前もそうだろ」

「親が放任主義だったし。そのせいかもな」

「縛られるよりいいじゃないか」

「そういいことばっかりじゃない。自分達がやりたい時しか世話を焼かない親だったから大変なこともあったよ。熱出しても自分で看病するしかなかったし、自分のメシは基本自分で作ってた。今だって生活費は自分で稼ぐことになってる。なのに急に遊園地に連れていかれたり、卒業したら親戚夫婦が持て余してる一軒家を譲ってやるなんて言われてる。万が一食うに困っても、住むところさえあればなんとかなるだろってさ」

「いいじゃないか。何が不満なんだ、贅沢だぞ」

「処分に困った古い家を手放す口実だ」

「随分でかい粗大ごみだな。要らないならオレが貰ってやる」

「嫌だね」

「なんでだよ。家事代行としてお前を雇ってやってもいいんだぞ。オレの下につけば間違いなく将来安泰だ」

「お前の下につく理由がない」牛乳パックを音を立てて吸った。

「理由はある。オレのほうが頭がいい」

勝ち誇ったような顔を見せると足元に置いたリュックを漁り始めた。いつでも、どこでも、アヤセが連れ歩いてるボロボロの黒いリュックだ。その中から取り出したのは一枚の紙だった。目の前に突き出されたそれをよく見たら、俺が単位を落とした講義のテストの答案用紙だった。しかもほぼ満点。確かアヤセはまともに出席もせず、テスト前日に俺からレジュメを奪っていたはずだ。

「自慢かよ」視線を逸らして食べ終わったあんぱんの袋をクシャクシャに丸める。

「聞いてたより普通の内容だったぞ。この程度なら前日から意気込む必要なかった」

俺が落としてるのを知ってて見せつけてくるのがアヤセらしい。

「分かったから、さっさとそれしまえ」

「まあオレがこんなテストなんかでしくじるわけないよな。分かってたことだ」

「嫌味な奴」

「偉大な人間ほどそうやって妬まれるのは宿命だな。オレの野望が形になったらいつかお前にも見せてやるよ。覚えてたらだけど」

「そりゃあ、有難い。今のうちにサインも貰っておくべきか？」

「サインか。なるほどな、盲点だった。決めておいた方がいいかもな」

俺の皮肉にアヤセは真剣な顔をして頷いた。

食べ終わった俺達は学食を後にした。

外で文化祭の準備をしていたグループはテントを張り終えたみたいだ。今度は机や道具を運び込んでいる。さっきの男女はここでも二人で協力して作業をしていた。

それを横目に通り過ぎて教室まで喋りながら歩いた。といっても半分はアヤセの自慢話を聞くだけだ。適当な相槌を打つだけでいつまでも話し続けているから間を埋めようとする必要がなくてかなり楽だ。そうしながら講義棟まで来るとアヤセは自分の話を中断した。

「次、どこの教室だ」

「二階の大講義室」

「あっそ」

それ以外何も言うことなく、俺とアヤセはそれぞれの教室に向かって別れた。

◆二◆

今年も順番通りに春がきた。数年に一度くらい、秋と冬だけの年があってもいいと思う。俺にとっては別段気持ちが明るくなる季節でも、世間が言うような『お出かけ日和』なんかでもない。植物や動物が活発になるのはいいとしても、出会いたくない虫まで出てきて動き回るのは弊害だと思う。俺にとっての春はただ洗濯物が乾きやすくなる季節で、近くの雑木林から花粉が飛びこんでくる季節だ。今年こそいよいよ花粉症になるんじゃないかと毎回ひやひやしながら過ごしている。

母方の遠縁から押し付けられる形で数年前から住み始めたこの家は、周りを木々で囲まれていて近くに他の家もない。築年数もそれなりに経っているせいで夏は暑くて冬は寒い代わりに、日当たりは良くて思ったより快適に暮らすことができていた。気を遣うご近所づきあいも必要なくて有難い。

初めて見た時は『洋館』と呼ぶのが似合いそうなレトロな二階建てに時代を感じたけど、中は思ったより落ち着いていて木造の過ごしやすそうな家だった。家族で住めそうなほど部屋数はあるけれど、寝室もリビングも仕事部屋も一階だけで事足りるから二階は殆ど物置としてしか使っていない。

大きな家具はそのまま残してあるからすぐに住めると言われていたのに、来てみたらソファや机が全部無くなっていたのには驚いた。急いで聞いたら「向こうでも必要になっちゃったのよ。年寄り趣味の物なんてほんとは嫌だったでしょ？　自分で好きなもの揃えられて丁度よかったじゃない」と悪びれもなく言われた。これだからあの人達は油断できないと、その日改めて思い知った。

リビングには拘らなかったけど、仕事部屋は色んな情報を参考に少しだけいい物で揃えてみた。この家に住むことになってから会社を辞めてフリーランスの仕事に切り替えたこともあって、一日の大半を仕事部屋で座って過ごすことになる。椅子と机は特に大事だ。

大学で習った知識を活かして始めたホームページ制作やちょっとしたグラフィックデザインの仕事は、昔の会社で培ったコネもあってそれなりに順調にやっていた。

その日も仕事に一区切りがついてコーヒーを飲んでいたら、突然玄関でインターホンが鳴った。リビングまで大きめの電子音が響いてくる。一瞬で頭の中で訪ねてきそうな人を推測した。近所の住人が気軽に訪ねてくるような付き合いはしてないし、今時飛び込みの営業訪問だってやって来ない。来るとしたら配達業者くらいだけど、何かを頼んだ記憶もない。あまり喜ばしくはないけど、親がいきなり訪ねて来た可能性は充分ある。

コーヒーを机に置いて玄関に向かった。若干警戒しつつ重たい玄関のドアを開ける。扉が開くと同時にドライヤーの温風みたいな風が入り込んできた。その風を受けて立っていたのは配達の人でも親でもなかった。

「アヤセ……？」

細い体に大きな眼鏡をかけて、薄く笑った見覚えのある顔の男が立っていた。

「よう、随分久しぶりだな。入れてくれ」俺が返事をするより早く家の中に流れ込んできた。

大型犬でもすっぽり入りそうな大きさの段ボールを台車に載せている。その荷物だけで玄関が占領されてしまった。

「なんだよ急に」

俺を驚かせて満足そうなアヤセは昔とあまり変わってないように見えた。ただ、少し背が伸びたせいか一層細身になって捨て猫感が増している。疲れた雰囲気の顔をして伸びた髪を後ろで一つに束ねていた。

アヤセとは大学の卒業以来会っていない。もともとアヤセの気まぐれで話すようになっただけだったし、卒論や就活で忙しい時期が続くと学食で顔を合わせる機会も減ってそのまま連絡を取ることもなくなった。もう五年以上音沙汰がないままだ。

このままずっと関わりのないままになると思っていた。研究室に籠ってデータやプログラムばかり相手にしていたような奴が、一度疎遠になった人間を訪ねてこんな所まで来るなんて考えてもみなかった。

「お前、相変わらず人の寄り付かない場所に居るんだな。寂しい奴だ」

段ボールが無事か確認しながら皮肉を零した。嫌味を言いながらでないと会話ができないのは相変わらずのようだ。

「そっちこそ。押しかけておいて変わらず嫌味な奴だな」

「急いでるんだ、用件を言う。お前にいい物を持ってきてやった」

「いい物？」

「これだ」運んできた大きな箱を軽く叩く。

「何が入ってるんだ」

「俺が開発したアンドロイドだ」

「アンドロイド――？」

「大学出てから研究施設に入ったんだぞ。そこでオレが開発した、記念すべき最初の作品だ」

「はあ……」

「コイツを開発するのは苦労したんだ。主に金の面でな。研究所の奴等と相当やりあった」

「はあ……？」

「研究施設っていうのは想像以上にケチだった。どうにかコレを完成にこぎつけたまでは良かったんだが、研究費をふんだんに使ったら俺を開発部門から外しやがった」

「本当にお前が作ったのか？」

「当たり前だ。オレだぞ？」

「なんでそんな物をここに――？」

「お前にやる。今じゃもっと金回りのいい研究所でオレの才能が評価されてるんだ。もう少しでコレより数段性能のいいアンドロイドが完成する」

「おいまさか、動かなくなった型落ちを押しつけにきたんじゃないだろな。俺は不用品回収業者じゃないぞ」

「アホなこと言うな、不用品なもんかっ。そんじょそこらの不良品とは訳が違う。これから人類の未来を切り開くオレの、貴重な処女作をお前に譲るって言ってるんだ。一応、大昔に、そんな約束をした気がするしな」軽く眼鏡を触りながら目を逸らした。

「したか？　そんな約束」

「ま、まあ細かいことはどうだっていい。コイツは凄いぞ。オレの目指している完成形にはまだ届いてないけどな。会話はもちろん家事や身の回りの世話もなんでもできる。それに、オレの天才的で特別なプログラムを仕込んである」

「特別？」

俺が少し食いついたのを見て、得意げに顎を持ち上げて目を細めた。

「所有者になった人間の好みや生活習慣を学習して、得た情報から判断して自分の行動を都度変えることができる。人間同士が一緒に生活していくみたいにな。使えば使うほど学習して便利になるぞ」

「へえ……」そう言われても俺にはピンとこない。

「なんだよ。反応悪いな。見た目だって悪くないんだぞ」

アヤセは屈んで箱を開けた。覗き込んだ中に居たのは、全裸で横たわる女性だった。

「ひっ……」

咄嗟に身を引いて息を飲んだ。

もっと機構が丸出しの無骨な機械かと思ったら、本物の人間そっくりの何かが、そこに居た。

「どうだ、オレが作ったアンドロイドだ」

「これがアンドロイド？」

「言っとくけど人じゃないぞ。よく出来てるだろ。顔なんかは既製品を少し弄っただけだけどな」

「……本当に人じゃないのか？」もう一度ゆっくりと中を覗いてみた。どう見ても二十代後半くらいの裸の女性にしか見えない。

「ちゃんと機械だ。安心しろ、攫ってきたわけじゃない。人間そっくりな見た目なだけだ」

アヤセが箱の中に手を伸ばして首筋の髪の毛を少し掻き分けた。長い髪の隙間から何かを差しこむためのソケットが見える。人体には絶対にない窪んだパーツを見て、とりあえず犯罪の類ではなさそうだということは理解できた。

「──けど、こんなのいきなり持ってこられても……」

「新しい研究所での仕事が忙しくてな。コイツは完成してからずっと埃を被ってたんだ。可哀想だろ？　誰かが使ってやらなきゃ。性能は保証してやるから見た目のいい家事ロボットとでも思えよ。こんな広い家に男一人も侘しいだろ。じゃあな」

言いたいことだけ言い終わると背中を向けて玄関のドアに手をかけた。

「おい、ちょっと待てよ」

「あ、因みに」

振り返ったアヤセは、俺が見てきた中で一番意地の悪い笑顔をしていた。

「いくら見た目がいいからって、変な気は起こすなよ？　ソイツは下の世話をするようには作ってないんだ。サカって手を出してもいいことないからな」

「するか馬鹿！」

レンズの奥で小さな目をさらに細めて、下品な表情のまま扉を開けて出て行った。やかましい音を立てて玄関が閉まってしまうと、俺はアヤセが持ってきたアンドロイドと一緒に取り残されてしまった。

静まり返った部屋で置いていかれた箱を眺めた。段ボールの蓋はきちんと封がされていなくて隙間から体の肌色が覗いている。どう扱ったらいいのか悩んで、ひとまずリビングまで運ぶことにした。腰を落として大きな箱を両脇からは挟むように抱きかかえる。軽くはないけれど、思っていたよりも苦労せずに持ち上げることができた。たぶん生身の人間の女の子と同じくらいか、それより少し重いくらいだ。どうにか一人で運べる重さだけど箱が脆いせいで途中で底が抜け落ちそうになる。あんなにこのアンドロイドの出来には自信満々だったくせに、入れる箱には気を遣わないところがあいつらしい。

リビングまでの廊下を運んでる間、視界の端に裸の体がちらちら映って目のやり場に困った。アヤセが居る時は平気だったのに、一人きりになると直視できない。帰り際のアヤセのニヤついた顔を思い出して少しだけムカついた。

リビングの床に箱を下ろして隙間から中を見ると、やっぱり何度見ても人間の女の子にしか見えない何かがうずくまっている。下にタオルは敷き詰められているけど、あとは裸のままだ。可哀想に思えて丸まる体に使ってないブランケットをかけてやった。アヤセの言っていた通り暫く放置されていたのか、よく見ると頬や髪に薄っすら埃が被っている。手を伸ばして軽く払ってやると白い肌が一層明るさを取り戻していった。

触った質感は確かに人間とは少し違うけれど、膨らんだ頬の柔らかそうな曲線と血色感は本当の人間そのものだ。綺麗に切りそろえられた髪の毛も爪も、どのパーツも俺より華奢で細くて繊細に整えられている。このままどこかのアイドルグループに入ったらきっとすぐ人気になるんだろう。これを作ったのがあのアヤセだと思うと、あいつの趣味が反映されていそうで少し気持ち悪さと狂気を感じる。

その日はリビングの隅に放置したまま片付けなくちゃいけない仕事に没頭して、できるだけ意識しないようにして過ごした。

翌朝起きてリビングに行くと置きっぱなしの大きな箱が目に入って、寝ぼけた頭ではそれが何か咄嗟に思い出すことができなかった。こんな大きな箱に何を入れてたかなと思いながら蓋を開けてみて、横たわる女性に叫び声が出た。

「うわあっ」反射的に体が後ろに倒れて一人で尻もちをつく。

尻の痛みで一瞬で目が覚めて、全てを思い出した。

これは直ぐにどうにかしなくちゃいけないと考えを改めた。起動してもしなくても、ひとまず何かしら服を着せないと家の中で安心して過ごすこともできない。だけど当然女性用の服なんて持ってないわけで、外に買いに行かなくちゃいけない理由ができてしまった。

ぬるい風に吹かれながら街へ行くために雑木林の坂道を下って行く。食料の買い出し以外で外出したのは何か月ぶりだろうか。少なくともこんなに日が高いうちに出るのは半年ぶり以上だ。用がある時は大抵人通りの少ない朝一番に済ませてしまうか、日が落ちて薄暗くなる時間帯を待ってからしか家を出ない。

ついこの間まで丸裸で凍えそうな木の枝が家の窓から見えていたのに、気づかないうちに若々しい緑が競うように頭上で揺れている。葉の隙間から落ちてくる木漏れ日は引きこもりがちな俺の体も浄化してくれそうだ。

雑木林を抜けて住宅街と学校の脇を通り過ぎると道が開けて駅前の大通りに出た。車が行き交う道路の向こう側には商店街の少し古びたアーケードが見える。俺がここに住むずっと前からある商店街で、この辺りの住人の拠り所らしい。すぐ側に便利な駅ビルが出来た後も地域住民の支持で根強く残っている商店街だ。普段ならここの商店街に入ってるスーパーで買い出しをするけれど、今日の目的はそうじゃない。アーケードから商店街の中に入ると、不規則な動きで歩く人波を避けてその先にある駅ビルを目指した。

駅ビルの中は商店街と違って客層が明らかに若い。同じフロアーだけでも女性用の服を売っている店は何店舗もある。

緩いシルエットの服や、フリルとピンクしか来なさそうな店、本当にこれを着て外を歩けるのかと思うほど布面積の小さい服ばかりの店もある。当たり前だけど女性服しかない店は女性店員と女性客しか居ない。俺が一人で入っても変な目で見られないように、男女どちらの服も売っている店に絞って適当に目に入った店に踏み込んだ。

　悪目立ちせずに店に入ることには成功したけど、今度は服の多さに圧倒された。長袖か半袖か、シャツもスカートも同じような形が何種類も別の商品として並んでる。長袖か半袖か、丈が短いか長いか、それくらいの違いは分かるけど他は何が違うのか俺にはさっぱりだ。試しに近くにかかっていた服を手に取ってみたらもう一つ問題に気が付いた。そういえばあのアンドロイドに着せる服のサイズが分からない。見た目としては特段太ってはいない。あの箱の中で収まっている感じからすると身長は俺より十センチくらいは低いはずだ。だけどそれが何サイズになるのか。Lではないとして、MなのかSなのか。いくつか手に取ってみてもよく分からなくて腕を組んだ。なんで俺が女性用の服の棚の前でこんなに悩まなくちゃいけないんだ。

　自分が着るものじゃないし大きめにしておけばいいかと思いかけた時、Fサイズ表記のシャツとスカートのセットを見つけた。Fなんてサイズは見たことがなくてネットで調べてみた。どうやら女性物の服によくあるみたいで、要は『ワンサイズしかないけど、大体誰でも入るようにしてるよ』サイズということらしい。親切なのかは迷うところだ。それでも入らなかった女性は相当なショックを受ける気がする。

白いシャツの襟元には小さく刺繍と飾りがついていて、スカートは桜みたいな薄いピンク色だ。無難そうだし、これならMかSか迷う必要もない。その服を掴んで足早にレジに向かった。機械に似合うも似合わないもないだろう。とりあえず着せられればなんでもいい。

会計をしている時レジのお姉さんにプレゼント用かと聞かれた。まさか「自宅にある女の子のアンドロイドが全裸だから服を買いに来たんです」なんて、言えるはずがない。どう誤魔化せば良いのか焦った結果「あ、自宅で使うんで大丈夫です」と変に意味ありげな言葉を吐いてお姉さんの表情を一瞬固まらせてしまった。

逃げるように店を飛び出すと家に帰って早速アンドロイドに服をあててみた。丈も幅もサイズは大丈夫そうだ。

どうやって着せるか考えたけど、自力で動かない以上俺が着させるしかない。上体を起こして、出来るだけ肌色と胸の膨らみは見ないようにしながら買ってきた服を着せた。

細い腕に袖を通させてシャツのボタンを留める時、忘れてる物があることに気が付いた。下着を用意していない。上も下もだ。

「あいつ、俺に買えって言うのか……?」独り言が零れる。

そこまでする必要はないのかもしれないけど、このままにしておくとまるで俺が変態みたいじゃないか。いい加減にしろ、と内心アヤセに文句を垂れた。

服を着せるとやっと落ち着いて正面から見られるようになった。箱から出して壁に体重を預ける形で床に座らせてみる。少し首を傾けて目を閉じている様子はうたた寝をしてるみたいだ。見た目の歳は俺とそう変わらない。

どうすれば動かすことができるのか体を観察してみた。特におかしな所は見つからない。

「……触るけど、俺のせいじゃないからな」

誰が聞いてるわけでもない言い訳を唱えて無防備な姿に手を伸ばした。電源を探してあちこち調べてみる。足の裏を見ても何もない。腕を動かしてみても変化はない。頬をつねっても、うんともすんとも言わない。今度は頭を触ってみたけど髪の毛がさらさらなことしか分からなかった。安物のカツラみたいな手触りかと思っていたから少し意外だった。

アヤセがしていたみたいに髪の毛を分けて首筋を見てみた。そうしたら、昨日見たうなじのソケットの横に小さな丸い形のボタンを見つけた。昨日は髪の毛と体勢のせいで隠れていたらしい。パソコンの起動ボタンで見かける形とよく似ていて、きっとこれがこのアンドロイドの起動スイッチだとすぐ分かった。

見つけたボタンを前に少しだけ躊躇ってしまった。このままにしておけばちょっと大きめの荷物が増えるだけだ。下手に動かして壊すよりいい。でも、いきなりやって来て押しつけられて、服まで調達してやったのに放置しておくのも勿体ない。あのアヤセがあんなに得意気にするってことは、よほど自信作なんだろう。学生の頃から狂ったように研究に打ち込んでいたアヤセが作り上げたものがどれほどのものなのか、試すくらいはいいはずだ。

最後は自分の中で好奇心が勝って、光で縁取られたそのボタンを押した。

途端に女の子の見た目をした体から激しい機械音が鳴りだした。同時に自分のパソコンだったら心配になるほど大袈裟なモーター音がそれに被った。壊れるなよと念じながら見守っていると、いきなり音が止んで部屋に静けさが帰ってきた。

一呼吸おいて黙ったままのアンドロイドが動き出した。ゆっくりと瞼を持ち上げて顔が上がり、小鹿みたいな黒々とした瞳が周りを見渡してから俺を見つけてしっかりと捉えた。

「正常に起動しました。マスターの登録をお願いします」

小さな口から抑揚のない機械音声が流れた。

「と、登録？」

そんな話は何も聞いていない。起動すれば勝手に動いてくれるものだと思っていた。

「ワタシの所有者になる方の登録をお願いします」そのアンドロイドは淡々と繰り返

した。

「えっと……名前でいいのか。俺はキサラギ。キサラギ、シン」

「キサラギ様ですね。顔とお名前をマスターとして記録しました」

「君の名前は？」

「ワタシに固有名詞はありません」

「名前がない？　じゃあなんて呼べばいいんだ」

「ありません。お好きにお呼びください」

お好きに、と言われても困る。アヤセのことだから作るだけ作って満足したのか、それとも単純に忘れていたのか。どっちにせよ名前がないままじゃ活動させるにしても不便そうだ。音声認識で動く家電だって大抵呼び名があるじゃないか。

いい名前はないかと目線を泳がせたらさっき着せたスカートのピンク色が目に入った。

「じゃあ……桜」

「サクラ。かしこまりました。ワタシの名前はサクラ。お間違いないでしょうか」

「あ……はい」

「この情報を登録のうえ再起動します。これからどうぞ、宜しくお願いします」

そう言って俺が勝手に桜と名付けたアンドロイドはもう一度瞳を閉じて項垂れた。

そこから何も起きない時間が過ぎた。

「え……大丈夫？」恐る恐る声をかける。

さっきより控えめな機械音と共にもう一度目が開いた。同じ顔のはずなのに、一回目より自然で人間らしい雰囲気がした。

「おはようございます」

話し方も最初の機械音声より流暢で自然になっている。

「おはよう。……えーっと、気分はどう？」

「問題ありません。好調です」

「そう。なら……よかった」

「ワタシは何をすればよろしいですか」

本当に人と話しているみたいに自然なスピードでやり取りができている。それだけで少し感動してしまった。

「えっと、分からないんだけど。君は何ができるの」

「料理、洗濯、掃除、その他マスターのご希望に応じてお手伝いいたします」

「料理……とりあえず料理がいいかな。そういえば今日まだ何も食べてない」

「かしこまりました。ご希望の料理はございますか」

「え……リクエストもできるの」

「はい。ワタシの中にインプットされている料理であれば可能です」

「じゃあ何か、すぐできそうなもの、ある？」

「はい」

「本当に作れるの？」

本当にアヤセの言う通りなんでもできてしまう優れ物なのか、信じきれない自分がいる。

「お任せください」言葉を発しながら滑らかに膝を使って軽い動作で立ち上がった。複雑そうな動きも途切れなくこなすことができていて、実は中に人が入ってると言われても信じてしまいそうだ。

そのアンドロイドはキッチンへ歩いていくと、何かを求めて色んな場所を探し出した。

「何か探してるの？」

「包丁はどこにありますでしょうか」

「ああ、ここだよ」

シンク下の扉を開けて、裏に留め具で吊された包丁を取り出してあげた。

「ありがとうございます。包丁はこの扉の裏側ですね。冷蔵庫はどちらでしょうか」

「そこの後ろだよ」壁際に立っている白くて分厚い立方体を指さした。

「ありがとうございます」

近づいて扉を開けると迷わず食材を選んでいく。

「何も見なくても作れるの？」

「はい。材料と作り方はインプットされています」

「へえ、凄いな」

「ワタシの中には三百種類以上のレシピが登録されています」

器用に野菜を切りながら喋る姿は手慣れたもので、傍から見ても危なげない手つきだった。

俺は側で見守りながら時々必要な物の場所を教える程度しかやることがない。なんだか不思議な気分だ。本当にアンドロイドが料理を作っている。電子レンジや便利な調理家電を見ているのともまた違う。これはアヤセが豪語していた通り、いつか人類の未来に影響を与えるかもしれない。

将来これが当たり前になったらどんなに便利だろうと考えていたら、あっという間に店で出てくるようなパラパラの炒飯が完成した。ちゃんと綺麗に盛られて、上にはネギまで乗せられている。

「どうぞ」お皿とスプーンを丁寧に並べると壁に寄って待機した。

「いただきます」一口掬って食べてみる。文句なしに美味しい。

「お味はいかがでしょうか」立ったままのアンドロイドが尋ねた。

「美味しいよ」

「よかったです」

「立たせたままで悪いけど椅子がないんだ」

「お気になさらないでください。大丈夫です」

「これ本当にうまいな。また作ってよ」

「はい、もちろんです」

存分に炒飯を味わった後、この家の部屋や物の置き場についてある程度のことを教えることにした。

二階はほとんど使っていないことを説明して、トイレやお風呂場、寝室を順番に見て回った。俺の言うことに全部「承知しました」と頷きながらそのアンドロイドは横をついてくる。

家の中を一周して最後に仕事部屋の扉を開けた。ここは一番大事な場所だ。正面と右手の壁に窓があって、差しこんだ光が木目調のデスクを照らしている。カーテンもマットも一人用のソファも、似たようなくすんだ水色になっているせいで部屋全体が陰気な印象になっている気もするけど、そのくらいのほうが落ち着けて俺は気に入っている。あまり広くない部屋の大きさも集中するには丁度いい。

「ここが俺の仕事部屋だけど、勝手に入らないで。掃除も自分でやるから」

「承知しました」

　言われた通り、そのアンドロイドは仕切りを跨がず顔だけ覗かせて中を観察した。凝視する瞳が少し光っているように見える。

「何か変？」

「初めて見えるお部屋なので記録していました。とても素敵なお部屋です」

「そういえば君にも部屋が必要？　二階に部屋は余ってるけど」

「いいえ、不要です」

「夜の間はどうするの？」

「リビングなどで待機させていただきます。マスターが起きていらっしゃる時間までそこでお待ちしています」

「へえ。それでいいんだ」

「はい」

「じゃあ、まあ。好きにしてていいよ」

「ありがとうございます。朝には起床の時間に合わせて朝食の準備をしておきます」

「そんなこともできるんだ。便利なもんだな」仕事部屋のドアを閉めた。

　他にも色んなことを説明した。開けるのにコツが必要な古い引き出しのこと。俺が使い易いように調整された物の配置と触らないで欲しいもの。守って欲しいことが沢山あって、これが機械相手じゃなければ絶対ケンカになっているところだ。

一通り家の中を見てリビングに戻ってくる頃には、久々に沢山喋ったせいで喉が少し嗄れていた。水を飲む俺の横で桜はそれをじっと待っている。

「……色々説明したけど大丈夫?」

「大丈夫です。全て正常に記録しました」

「ほんとになんでも覚えられるんだな」

「ワタシはそのために作られています」

「じゃあまあ、これから宜しく頼むよ」

「はい、精一杯お手伝いします」アンドロイドが笑顔を見せた。

とても印象に残る笑顔だった。完璧な角度で上げられた口角と、真っすぐこちらを見つめる黒く大きな瞳。驚くほどに整っていて、いっそのことできすぎていて一瞬目を疑った。いつだったたか、何かの少女の写真があまりに可愛すぎてCGだと疑われていたのを見かけた。今ならその気持ちもよく分かる。俺は何かとんでもないものを受け取ったんだだと、その時の笑顔を見て再確認した。

◆三◆

スマホのアラームが煩く鳴った。寝ぼけたまま右腕を伸ばして枕元にあるはずのスマホを探る。硬い感触が手に当たって適当に画面を触って静まらせた。

数分余韻に浸ってから、寝起きの頭を掻いてベッドから抜け出した。床に落ちていた脱ぎっぱなしの服を足で脇へ追いやってドアノブに手をかける。廊下に出るとリビングからは料理をする音が聞こえてきた。桜は今日も、もう朝食を準備してくれているみたいだ。

最初はどう扱えばいいのか分からなかった桜との生活にも少しずつ慣れて、一定のリズムができてきた。

前日のうちに起きる時間を教えておけばその時間に合わせて朝食を準備してくれている。しかも毎日出てくるものが違うんだから驚きだ。最初に言っていたとおり、本当にかなりの数のレシピが登録されているらしい。お陰で朝食を抜きがちだった俺が毎朝ちゃんと食べる健康な生活を送れるようになった。食べ終わって俺が仕事をしている間、桜は邪魔にならないよう仕事部屋以外の掃除や洗濯をして、買い足す必要がある物は教えてくれる。俺が寝ている夜や日中の暇な時間は基本的にリビングで静かに読書をしている。

アヤセが事前にインプットしていたのか、桜は単純な知識はかなり豊富だけど、それでも何でも知っているわけではないし生活に関する細かいことは知らないことも多い。それを補おうとしているのか、小説だろうと、レシピ本だろうと、辞書だろうと、どんなものでも喜んで読みたがった。しかも一度読んだ本の内容は完璧に覚えていて絶対に忘れない。ある時なんかは俺の持ってる小説の一ページを一言一句間違えずに復唱してみせた。

そんな調子で好きに本を読ませていたら家にある本はあっという間に読み終えてしまって、せっかくだからサイトに登録して電子で好きなだけ読めるようにしてあげた。それでもサイトにある書籍も全部読んでしまう日もそう遠くないんじゃないかと、今から心配になる日々だ。

「……おはよう」気の抜けた足どりでリビングに入る。

キッチンで料理をしていた桜が振り返った。

「おはようございます。ゆっくりお休みになりましたか」

「寝るには寝たけど、まだ寝られるな」

「今日は一日晴れ、最高気温は二十二度です」

「……いい匂いする。何作ってるの」

「朝食用にスクランブルエッグを作っていました。昼食の下ごしらえもしています」

「朝からよく働くなあ」欠伸をしながらダイニングのテーブルについた。

「ありがとうございます。どうぞ」

コーヒーとトーストが目の前に置かれた。トーストはオシャレな角度で二等分されていて、スクランブルエッグとミニトマトも添えられている。まるでホテルの朝食みたいに盛られている。どうせ食べたら一緒だろうと思わなくもないけど、とにかく便利でありがたい。

「いただきます」

パンを一口齧ってコーヒーを流しこんだ。その横で桜が口を開く。

「先日、今飲まれているコーヒーのメーカーから新しいフレーバーが発売されているのを発見しました。オンラインショップ限定の商品だそうです」

「へえ、なんのフレーバー？」

「ローストアーモンドです」

「洒落てるな」

「お気に召したなら、購入しましょうか」

「うん、お願い」

「かしこまりました」

「そんなのよく見つけたね」

「いつも同じメーカーのものを飲んでいらっしゃるので、そのメーカーのサイトを確認してみました」

「ふうん」

「不要なことでしたでしょうか」

少し探るような目でじっと俺を見てきた。桜は時々こういう仕草を見せることがある。俺の指示なく何かをした時は特にそうだ。

「そんなことない。そんなに気にしないで。もっと適当でいいんだよ」

「適当とは、具体的にはどういったことでしょうか」

「俺の顔色を窺う必要はないし、話し方もそんなに丁寧じゃなくていい」

「分かりました。そのほうがお好みでしたら、設定を変更します」

「凄いな、直ぐできるんだ」

「はい。失礼のないように初期設定ではより丁寧な言葉遣いが設定されています。その他にも適切な言葉遣いができるよう複数の種類が登録されています」

「そんな配慮があいつにできたのか……」あのアヤセとは思えない心配りだ。

「今日は、ワタシにお手伝いできることはありますか？」

「いつも通りでいい。俺も部屋で仕事してるから」

「はい」

トーストにバターを塗って朝食を続けた。桜は俺の側でトレーを持って立ったまま、俺が食べる様子を見守っている。

　桜が来てから暫く経つけれど未だに桜が座る椅子はない。来客用の予備の椅子なんてものもないから、必然的に桜は常に立っているか床に座ることになる。俺が食事をしている間はこうして傍に立って待機しているし、読書の時は壁際で床に座っているのが習慣になっていた。人じゃないからと思ってそのままで放置してきたけど、さすがに少し可哀想かもしれない。

　トーストを咀嚼しながら立ち尽くす桜を眺めた。

「……今日は仕事だけど、明日は時間があるんだ。買い物に行こうかな」

「お買い物ですか？　何を買うんですか？」

「椅子。いい加減もう一つ必要かと思って」

「どなたの椅子ですか？」

「桜のだよ。なんか落ち着かないから」

「ありがとうございます。でも、ワタシは座らなくても大丈夫です」

「俺が座って欲しいんだ」

「分かりました」

「明日駅の方まで行ってみよう。今まで外で買い物をしたこともなかったでしょ。ついでだから色々教える」

「ありがとうございます。楽しみです」桜が笑った。本当に何度見ても綺麗な笑顔だ。

「午前中に家を出ようか」

「はい」

そんな約束をしながら朝食を終えて、その日は何事もなくいつもと同じ一日が過ぎていった。夜ベッドに入る時は久しぶりに明日が楽しみだった。どんな椅子ならリビングにも馴染むだろうか。どこ連れていったら喜ぶだろうか。桜は新しいことを覚えるのが好きだからきっと何を見ても楽しそうにするだろう。どんなこともどんどん覚えていく桜を見ていると、優秀な生徒をもった教師になったみたいで少し楽しい。

そんなことを考えているうちにいつの間にか眠りについていた。

翌朝はアラームで起こされる前にカーテンの隙間から当たる日差しで目が覚めた。寝過ごしたかと思って枕元のスマホを見ると九時前だった。まだ少し寝ていられそうだけど丁度いい時間だ。欠伸を噛み殺して体を起こす。重力に逆らって体を動かすこの瞬間が年々辛くなっている気がする。

なんとかベッドの誘惑から抜け出し、リビングに向かって短い廊下を歩いた。毎朝リビングから聞こえていた料理の音がしない。やけに静かな朝だ。

「おはよう」

声をかけながらリビングに入っても、いつもならキッチンに立っている桜の姿がなかった。

　切りかけのキャベツと包丁がまな板の上で放置されている。その横のコンロで片手鍋は火にかけられて湯気を出していた。

「――桜？」

　呼びかけても返事がない。沸騰した鍋の蓋がカタカタと鳴るだけだ。

「……居ないの」

　カウンターキッチンの反対側を覗いたら床に転がるように桜が倒れていた。

「桜……！」

　駆け寄って抱き起こした体はまったく力が入っていなくてだらりとしている。俺の声を聞いて桜はゆっくり目を開いた。

「お、はよう……います。き、きょう、はれ、です」

「どこか壊れたか?!」

「い……え」

「じゃあ何」

「ば……てり、が」そこで桜の動きが止まった。

「え、何……桜？　桜！」

　みるみるうちに目から光が消えて、あっという間に何も映さないただの黒いガラス玉になった。起動してからずっと聞こえていた微かなモーター音も全く聞こえない。アヤセが運んできた時みたいに、ピクリとも動かないただの人形に戻ってしまった。

どうすればいいのか全く分からなかった。桜が最後に何か言っていたことを必死に思い出してみる。よく聞こえなかったけど多分「バッテリー」だ。言われてみれば、うちに来てから桜が充電しているところを一度も見ていない。それでも問題なく動き続けているから、てっきり俺が寝てる間に勝手に充電でもしているものだと思っていた。

「ごめん。待ってて、今どうにかする」

聞こえていない桜に向かって呟いてそっと寝かせた。桜が来てからそれなりに日にちも経っている。本当にバッテリーのせいなら、これだけ長い間充電もなしに動けていたことのほうが信じられない。そもそもアヤセは充電なんて一言も言ってないし、付属品なんかないのにどうやって充電すればいいのかも分からない。

桜が入っていたあの箱にまだ何か残されている可能性に賭けるしかなかった。大きくて処分が面倒だからって、二階の空き部屋に押し込んだままだ。

急いで階段を駆け上がった。二階の一番手前の扉を開けて放置していた空き箱を漁る。箱の中には緩衝材代わりに敷き詰められていた古いタオルの山が残っているだけだ。当時はただのゴミだと思っていたタオルを一枚ずつ手に取って手掛かりを探した。

最後の最後、箱の一番底に厳重にタオルに包まれて輪ゴムで留められた何が出てきた。

輪ゴムを外してタオルを広げると長いケーブルが顔を覗かせた。先端はコンセントに差さる形で、もう片方の先が桜のソケットに丁度はまりそうな形をしている。多分これが探してた物だ。

「くっそ。なんでもっと分かり易く入れとかないんだよ！」

摑んだそれを持って部屋から出た。派手な音を立てながら階段を駆け下りる。

駆け足でキッチンに戻って桜のうなじが見えやすいように少しだけ体の向きを変えさせた。髪を持ち上げると思った通りソケットはあったけれど、形の違うタイプのソケットが二種類並んでいた。

「え……？」

手元を見たら、俺が摑んでいるケーブルも結束バンドで二本が一つに纏められていた。両方とも端子の形が違う。つくづく面倒なことをしてくれる奴だ。結束バンドをほどいて片方をコンセントに差した。反対側はソケットのどちらかに繋がるはずだ。一応明らかに形が違う方にも当ててみた。やっぱりはまらない。もう一つのソケットにカチッと音がするまで深く差し込んでみた。

なんの反応もなかった。音もしないし、動きもしない。充電できてるのか不安になりながら暫く待ったら首の起動ボタンのライトが点滅しだした。試しにそのボタンを押してみても桜は動かなかった。初めて起動した時はやかましい音が鳴ったのに今はうんともすんとも言わないままだ。もう一度、今度はゆっくり押してみる。やっぱりダメだ。動かない桜を前に頭を抱えてしまった。もし充電以外にどこか不具合があるとしたら、それは俺にはどうにもできない。桜について何も分からない俺が勝手に弄ったら余計壊す未来しか待っていないのは確実だ。

散々迷った挙句、スマホを取り出して電話を掛けた。本当は使いたくなかった最終手段だ。たっぷり八回コールが鳴った後でようやく相手が電話に出た。

『……はあい？』

完全に寝起きの声だ。相変わらず規則正しい生活とは無縁らしい。

「アヤセ。悪い。助けて欲しいことがある」

『あぁ……？　キサラギか？　珍しい、というより初めてじゃないか電話なんて』

「お前が置いてったアンドロイド、充電して再起動しようとしたら全く動かなくなった。どうすればいい」

『んー？　なんだって？』

「アンドロイドが動かないんだ」

『なに？　動かない？　寝てんだろお？　キスでもしろよぉ、王子さまあ』あくびまじりの間延びした返答だ。

「ちゃんと聞け！　こっちは真剣なんだ！」

『うわっ……。おい、うるさいぞ頭に響く』

「寝ぼけてないでちゃんと聞け！」

『分かった分かった！　聞いてやるから静かに話せ』

　電話の向こうからアヤセが体を起こす音がした。一度呼吸をして口を開く。

「――充電切れで動かなくなったんだ。充電してもう一度起動しようと思ったら今度は何も反応しなくなった。目も開けない」

『充電切れ？　今まで充電してなかったのか？』

「だって、連れてきた時何も言わなかったじゃないか」

『本当に一度も？』

「そうだよ。昨日までは普通に動いてたし分からなかったんだ。ケーブルだってあんなタオルに隠して、お前が悪い」

『おいおい、オレの作品なんだぞ？　もっと気遣えよ』

「いいから、これどうすればいいんだ」

『一つ聞くけど、充電しなかったってことは休ませてもないんだろ？』

「夜はちゃんと休ませてるさ。俺が寝てる間は自由にさせてた。ずっと読書してるみたいだったけど」

『違う。定期的に活動を中断して学習した情報の整理と行動パターンをアップデートさせる時間が必要なんだ。人間だって寝てる間に脳の整理をするって言うだろ』

「お前……そんな大事なことは最初に教えろよ」

『ついうっかりだ。怒んなって、わるいわるい』全く気持ちの籠っていない謝罪と笑い声が聞こえた。

「で、結局待ってたら動くのか」

『そのはずだ。多分、今まで溜め込んでいた分アップデートで起動に時間がかかってるだけだろ。暫く待ってたらそのうち起動する』

「本当なんだろうな」

『誰が作ったと思ってるんだ』

「――分かった。様子を見てみるよ」

『困ったらまた連絡してこい。下手に出て懇願するなら聞いてやる』ククク、と喉を鳴らす音がした。

「ご丁寧にどうも。平日にこんな時間まで寝てる奴に頼らなくても済むように気を付けるさ」

『研究所で徹夜だった。ソファで仮眠してただけだ』

「相変わらず捨て猫みたいな格好してるのか」

『顔と髪だけは小綺麗にしてるさ。面倒だけどな』

「匂いにも気をつけろよ」

『小煩いな、分かってる。その方が周りに文句も言われないし研究に集中できるからな。とにかくあのアンドロイドをちゃんと使ってるみたいだな。充電用以外にもう一本ケーブルがあっただろ。あれを繋げばオレの天才的なプログラミングが一部見られるはずだ。ま、見ても分からないだろうけどな。今後は丁重に扱えよ。そんじゃ』

そう言って向こうから通話が切られた。もう少し桜について色々聞きたかったのにできなかった。

スマホを仕舞って桜を見る。今はアヤセの言葉を信じて待つしかない。桜をキッチンから広い場所に移して、作りかけになっている俺の朝食を完成させることにした。鍋の中身は冷めかけてるけど温め直して味噌を入れればすぐ味噌汁が出来そうだ。ボウルには卵が中途半端に混ぜられた状態で放置されている。

箸を手に取り卵液をよくかき混ぜて適当に卵焼きにした。キュウリも出してあったから薄く切って塩昆布と混ぜてみた。お茶碗にご飯をよそって、一人で手を合わせる。

「……いただきます」

味噌汁も卵焼きも上手にできた。塩昆布のお陰で白米もすすむ。充分満足できる朝食なのに、傍に桜が居ない食卓が殺風景で物足りない気がする。学生の頃からずっと一人で食べるほうが好きだったはずなのに、変な話だ。横目で壁に寄りかかった桜を見た。まだ目は覚めていない。

早々に食べ終わって使った食器を洗っていると前と同じような大仰な機械音が鳴り出した。その音とほぼ同時に桜の頭が持ち上がってゆっくり瞼が上がった。そこから数秒かけて開いた瞳が光を取り戻していった。

「おはよう。気が付いた？」桜の傍に膝をついて覗き込む。

「はい。おはようございます」

「体はどう」

「正常です。半分ほど充電ができました」

切れ切れだった話し方も元に戻ってる。

立ちあがろうとした桜の体に手を添えて介抱した。触れた背中には背骨の感触も体温もない。

「なかなか目が覚めなくて焦ったよ」

「すみません。心配をかけてしまいました」

「故障じゃないならいいよ」

「もう大丈夫です」

「もう少しで休んだら？」

「朝ごはんの準備の途中でした。続きを作ります」

桜は首の後ろに手を伸ばした。繋がったケーブルに手をかける。

「急がなくて大丈夫だよ、もう食べたし」ケーブルを外そうとする桜を止めた。

「お一人で作ったんですか？」

「え？　うん」

「ワタシはお役に立てませんでした。すみません」

「そんな、一回くらいどうだっていいだろ。それより充電がないならもっと早く言ってくれればよかったのに」

「朝食の時にお伝えする予定でした。想定より消費が激しかったみたいです。すみません」

「謝る必要はないけど――。これからはいつでも充電していいから」

「日中に充電をすると活動量が減ってしまいます」

「じゃあ夜、俺が寝てる間にすればいいよ」

「分かりました。本当に、すみませんでした」桜が頭を下げた。動きに合わせて髪が肩から垂れる。

「もういいから、準備ができたら買い物に行こう」

「はい」

少し時間をあけて桜の充電が終わった後、初めて二人で外に出た。桜にとっては初めての外出だ。すぐ近くの雑木林の道を歩くだけでも目に映るもの全部を記憶しようとしてるみたいにあちこちに視線を向けた。知ってる植物の名前をいくつか教えてみたけど物の知識に関しては桜のほうが圧倒的に豊富で、名前を言えばその植物について図鑑を読み上げているような情報量が返ってきた。「本当によく知ってるな」と零すともっと饒舌に語り出して、よく目にする鳥や植物にも変わった生態があることを教えてくれた。何もしなくても桜のほうが自然とよく喋るから、俺にとっては聞き役に徹するだけで済んで楽な時間だった。

いつもの道を歩いて着いた商店街は沢山の人で賑わっていた。小さな子どもを連れて買い物をしている人も多い。普段この時間に来ることがないから平日のこの時間にこんなに子どもが多いと思わなかった。追いかけっこをしている幼い兄妹がバタバタと走りながらこちらに向かってきた。幼稚園生くらいだろうか。大きな笑い声を上げながら大人たちの隙間を縫うように走り回っている。思わず桜の肩を引き寄せた瞬間、そのすぐ傍を全力で駆け抜けて行った。

「……あー、よかったら手を引こうか？　人にぶつかると危ない」

「はい。お願いします」

なんの抵抗もなく右手を差し出された。

「え。ほんとに？」

「はい。ワタシは何か間違えましたか？」

「いや……なんでもない」

出された手を取って桜と初めて手を繋いだ。温かさを感じない手は指先まで硬くて直線的で、人の肌よりもっと滑らかな手触りがした。ぱっと見ただけじゃ桜が人間じゃないなんて分からないくらいよくできてるけど、触るとやっぱり人とは違う。

人を避けながら商店街の中を歩いてる途中で桜がふいに立ち止まった。

「あそこもお店ですか？」

指差した先には、他の店の間で埋もれそうな小さな建物があった。周りの建物より外壁も看板も薄汚れて黒くなっている。軒先には木材の切れ端で作ったらしき木の飾りやコースターが籠に入れられて安く売られていた。建物の奥からは大きな刃が高速で回転しているような音がする。

近づいて覗いてみると、中には大きな機械が何個も並んでいて男性が一人で作業をしていた。二メートルはありそうな色んな種類の木の板がいくつも立てかけてある。看板にはほとんど掠れて読めなくなってたけど『材木店』の文字が見えた。

「お店っていうより、木を加工する場所じゃないか」

桜は籠に山盛りにされた加工済の木材に顔を近づけた。

「こういった職業があることは知っています。実際に見るのは初めてです」

「家具作りとか家のリフォームとか、素人でも自分で作るのが好きな人も居るよ」

「売られている製品よりですか？」

「そう」

「自分で作るというのはそれほど価値のあることなんですか？」

「どうだろう……手作りされるのを嫌がる人も居るかもしれないけど、基本的には嬉しいんじゃない」

「以前読んだ本の中に木で作る椅子の作り方も載っていました」

「え？」

「『ＤＩＹ百科』という本です」

「……それで？」

「内容は記憶してあるので、マスターも手作りに興味があるのであればお手伝いできます」

「……まさか、作れって言ってる？」

「いいえ。ワタシは既製品でも手作りでも嬉しいです」

ニッコリと桜は笑った。その笑顔になんとなく含みと圧力を感じる。

「……それって初心者でも作れるの」

「断言はできませんが、きっと作れるはずです」真っすぐな視線が俺を刺す。

心の中で左右に揺れた。既製品のほうが絶対いいに決まってる。まともに作れるかも分からないものに手を出すのはもの凄く面倒だ。とても面倒だ。けど、桜は作りたがっている気がした。

「……作ろうか。上手くないだろうけど」

「本当ですか？　嬉しいです」

「一回やってダメだったら普通に買うから」

「はい。材料はここで買えますか？」桜は足を踏み入れようとした。

俺は慌ててその手を引っ張って止めた。

「こんな所で買う必要ない。ホームセンターなら適当な長さに切ってくれるし、そっちに行こう」

「はい」

椅子を買いに来ていたはずが、気がつけば一から手作りすることになってしまった。

辿り着いたホームセンターで、木材は一枚数千円で売られていた。きっとさっきの材木店よりずっと安い。とりあえず近くの店員に声をかけて、ある程度の大きさに切ってもらうように頼んだ。待ってる間に桜の助言を参考にしてノコギリと金槌と、他にも必要そうなモノを細々買い込んで準備を整えた。

「……あの、お車まで運びましょうか？」

両手に買い物袋を提げて戻ってきた俺を見て、木材の準備をしてくれた店員は控えめに声をかけてくれた。

「あ、いや。車ないんで……」

「え……。大丈夫ですか？」

「だ、大丈夫です、大丈夫」

そう返したものの、買い物袋に加えて木材まで持とうとすると完全にキャパオーバーだった。もともと椅子を買って家まで配送してもらう予定だったからこんな大荷物になるなんて予想してない。

店員の心配そうな顔に見送られて桜と一緒に店を出た。最初のうちは見栄を張って全部一人で持とうとしたけど、早々に不可能だと悟って桜にも手伝ってもらうことにした。

買い物袋を抱えた桜が隣で歩調を合わせてくれている。

「やっぱり、ワタシがそちらを運んだほうがいいと思います」

「いい。そっち持ってて」

「ワタシは疲れませんので、交代で運びますか？」

「いいって。俺が運ぶ」

　道中もう何度か同じやりとりをした。運び易いように紐できっちり纏めてくれているとはいえ、長方形で重さもある木を担いでの帰り道はなかなかに辛いものがある。それでもゆっくり前進して半分までは進んでいた。

「運ぶ役割に意味があるのですか？」

「あるんだよ。人間には見栄ってのがあるの」

「見栄ですか？」

「そう」

「記録しました。見栄とは理屈よりも勝るのですね」

「そうだよ。忘れないで」

「はい」

　息切れをしたり休んだりしながら、どうにか家まで運ぶことができた。

　着いたら直ぐに木材と道具を庭に広げて初めての椅子作りに挑戦した。金槌とノコギリを持つなんて小学生の夏休みの宿題以来だ。日に日に嫌な暑さを増してくる日光を背中に受けながら、桜に言われた通りのサイズに木材を切って釘と接着剤で組み立てていく。ノコギリは上手く使えなくて手が痛いし、釘は斜めになって木にヒビが入ってしまった。桜にも手伝ってもらい、服の下で汗が背骨を伝っていくのを感じながら作業を進める。

数時間の格闘の末に出来上がったのは直角で硬くて、見るからに座り心地の悪そうな椅子だった。小学校の理科室にあった古びた木の椅子によく似てる。切ってる時に欠けた背中の部分は鋭く突き出ていて棘になっている。脚の部分は特に気をつけて同じ長さになるように切ったはずなのに、何故かグラグラ揺れる不安定な仕上がりになった。

離れた場所から完成した椅子を眺めて腕を組んだ。

「……やっぱり買いに行くか」

「どうしてですか？　ワタシはこの椅子で充分です」

「でも——」どう見てもド素人が作ったのが丸分かりのクオリティだ。

「とても味があります」

「買ったほうが物がいいよ」

「大丈夫です。ワタシに座り心地は関係ありません」

「それはそれでなんか虚しいな」

「この椅子ではダメですか？」

「ダメじゃないけど。……本当にいいの？　こんなので」

「もちろんです」

「ならもう少し仕上げをしよう。ちょっとはマシにしなきゃ」

やすりで全体を滑らかにして、削れた角は丸い形にする事で誤魔化した。短くなってしまった脚には木の破片を継ぎ足してできるだけ平らになるように調整した。そうして整えられるとさっきよりはちゃんとした椅子に見えるようになった。最後に桜と一緒に白いペンキを塗って一日外で乾かした。

完成した椅子をリビングに置いてみたら意外と家の雰囲気に馴染んでいた。これなら、こういう手作り感のある椅子を置いている洒落たカフェに見えなくもない。机とは少し高さが合っていないけど桜は全く気にしてないみたいだ。早速座って俺を見上げて笑顔を見せてくれた。

その日から、俺が食事をしたりコーヒーを飲んで休憩している時には必ず一緒に席について他愛もない話をするようになった。家のどこに居ても俺が休憩しようとするとやって来て、飲み物を用意してくれるのと一緒に向かいの椅子に座る。今日食べたいご飯の話の時もあれば、テレビで見て理解できなかったギャグについて解説を求められる時もあった。どんな話をするにしろ、壁際に立っているよりこうして向かい合っている方が自然で落ち着く。

桜自身が暇な時は椅子に座って読書をするか、最近は裁縫もするようになっていた。俺が一度も開けたことのない裁縫箱を使いたいというから許可を出したら、布を使って何かを作り始めた。器用に針と糸を操っている後ろからその手元を覗いてみる。

「それ、何？」

「クッションです」

「クッション？」

「はい。この椅子に飾りたくて作り方を覚えました。今は刺繍で模様を作っています」

作りかけの布を広げて見せた。大きめの花の模様ができつつある。何の花かは分からないけど、花びらの一枚一枚まで細かく作られてる。ミシンで縫ってるみたいに揃えられた仕上がりで花の半分ほどが出来上がっていた。

「俺にはできないな。頭が痛くなりそうだ」

「やり方はとても簡単です。試してみますか？」

「止めておく。台無しにしそう」

「完成したらお見せしますね」

「はいはい」

その時丁度お腹が鳴った。時計はもう十二時を回っている。

「――そろそろご飯にしようか」

「はい」

作りかけていた刺繍をカゴに戻してキッチンに向かった。

「食べたいものはありますか？」

「なんでもいいよ」

「普段よく食べていたものはなんですか？」

「なんだろう……ロールキャベツ」

「ロールキャベツが好きなんですね」

「そこまででもない気もするけど。昔よく出てきたんだ。うちのはケチャップ味のやつでさ」

「ケチャップ味ですね。分かりました。今日はそれを作ります」

白いシャツのまま袖を捲って料理を始めた。肉を解凍している間にキャベツや他の野菜の準備をしていく。

普段と変わらない光景だけど、ふと桜の白いシャツが気になった。

桜の服は一着しかないから毎日同じものを着ている。当然洗濯もできない。今までだって料理も掃除も任せてたし、それでも一度も汚したことはないけど、さすがに一着だけでは不便そうだ。丁度これから夏がくる。夏服とエプロンくらいはあってもいいような気がしてきて、スマホを開いてみた。ついでに夏らしく浴衣なんてのもいいかもしれない。

有名なアパレルの通販サイトを覗いてみる。エプロンだけでも沢山の検索結果が出てきた。中には数万円もするエプロンがあって、ただの布一枚がなんでそんなにするんだと目を見張った。

「お待たせしました。どうぞ」

スマホを見ている間に料理ができたみたいだ。湯気が昇る赤いスープのロールキャベツと数切れのバケットの乗った皿が目の前に置かれた。俵型のロールキャベツが堂々と鎮座して肉汁を滴らせている。嗅ぎ慣れたスープの匂いが鼻に届いた。スマホは閉じてポケットに戻す。

「いただきます」

大きな肉の塊をキャベツと一緒に口に運んだ。

「いかがですか？」

「美味しいよ」

「よかったです」

「うん。昔食べた味に似てる」

「ありがとうございます」

俺が作った椅子に座って嬉しそうに桜が見ている。こうしてると新婚のカップルにでもなったみたいだ。ふいにそんな考えが頭をよぎって、心の中で苦笑が漏れた。だんだん桜をただの機械と思えなくなってきている自分がいる。

　本当の人間じゃないけど、ペットでもなければ便利な家電というだけでもない。だけど人間と同じように話して、動いて、一緒に暮らす時間が増えていく。不思議な気持ちを抱えながら、用意された食事はあっという間に平らげた。

「ご馳走様」

「はい」立ち上がって空になった食器をシンクまで持っていく。そのまますぐ蛇口を捻って洗い物を始めた。

「そういえば、体の調子は平気？」

「問題ないです」

「情報のアップデートもできてる？」

「はい」

「小まめにしてないとまた起動に時間がかかるから」

「はい、気を付けます」返事をしながら桜は手を動かす。

「前みたいなのはもう御免だな。相当待ったんだから」

　不満を漏らした俺にクスリと笑った。

「以前は処理すべきものが多かったんです」

「性能に問題があるんだよ」

「そうでしょうか？」

「そう言えば、ケーブルを繋げばプログラムの中身が見られるって言ってた」

「そうなんですか？」

「一部だけらしいけど。今まで忘れてた。試してみる？」

「ワタシは見られても平気です」

「じゃあ一回見てみるか。洗い物が終わったら仕事部屋に行こう。モニターに映すから」

桜が食器を洗う手を止めて俺を見た。

「いいんですか？」

「何が？」

「ワタシが仕事部屋に入ってもいいんですか？　以前に入らないと約束しました」

「ああ、そうか……。ごめん。それ、なしにしてもいいかな。理由があったわけじゃないんだ、あの時はまだ桜に慣れてなかっただけで……。用があればいつでも入っていいよ」

「分かりました。ありがとうございます」

「掃除とか片付けとかは自分でするから。仕事のものもあるし」

「はい」

洗い物をすぐに終わらせると、二人で一緒に仕事部屋の前に立って俺がドアを開けて促した。

「どうぞ」

「失礼します」

「そこに座って」

「ワタシは何をすればいいですか」傍にあるソファに腰を掛けながら桜が尋ねた。

「ケーブルがあるから、それを接続すれば見られるって言ってた」

「分かりました。お願いします」座ったまま目を閉じて少し俯いた。後頭部が無防備にさらされる。

「じゃあ、いくよ」

充電では使わなかったケーブルを持って首元のソケットに繋いで、反対をパソコンに接続した。繋いだそばから桜の瞳の光が陰って呼びかけても反応がなくなった。前倒れた時とは違って桜の独特な機械音は消えていない。完全に機能が止まったわけじゃないことは分かった。

接続が完了してパソコンのモニターに新しく出てきたアイコンをクリックした。ウィンドウが切り替わって桜の中に組み込まれたプログラミングが現れた。大量の文字列が並んでいて、処理の内容ごとにいくつものブロックに分けられている。

アヤセが分からないだろうと言っていた通り、読み解こうとしても俺には難しい内容が多かった。ただ、学生の頃何度か見ていたあいつの作るプログラムよりずっと高度なことをしているのは分かる。アヤセらしい小難しい技を入れ込んだプログラムを作る癖がある所も変わってない。そこに書かれた全部を理解することはできそうにないけれど、情報のアップデートと起動時のプログラムを中心に見てみた。

そこには俺でもある程度理解できる内容が書かれていた。学生の時にも見たコードがあちこちにある。よく使われるコードの流れに少し手を加えて情報のアップデート後に起動プログラムが処理される仕組みになっているようだ。

「……あれ？」

全体の流れを見ているなかで、同じ処理を二回している箇所があることに気が付いた。大して重い処理ではないけど、少し前の部分で同じことをすでにしている。何度読み返してみてもここで同じことを繰り返す必要性を感じない。何かのミスだろうか。アヤセにしては珍しいけど、あいつも人間だからこういうこともあるんだろう。

ここを無くしてみたら少しは処理が軽くなるかもしれない。でも、書いた本人じゃないとどこの処理がどう繋がっているのか全容が分からないのがプログラミングの厄介なところだ。むしろ不具合を起こして動かなくなることもあるかも知れない。

モニターを睨んで考え込んで、少しだけ躊躇う指でアヤセが書いたコードにロックをかけて無効にした。試してみて、桜に支障がでるならまた元に戻せばいい。他の部分はいじらないように気を付けながら保存をしてケーブルの接続を解除した。

接続が外れると桜の瞳は自動的に光を取り戻した。

「……なんともない？」

「はい」

「俺のことは分かる？」

「はい、キサラギ様です」受け答えをする口調も動作もおかしな所は見られない。

「良かった。問題なさそうだね」

「ワタシのプログラムはどうでしたか？」

「正直俺にはよく分からなかった。それくらい昔のアヤセが作ってたプログラムからレベルアップしてたよ」

「マスターはアヤセ様のことを知っているんですか？」

「それは、もちろん……。桜も知ってるの？」

「はい。ワタシを作ってくださった方です」

「そうか……それぐらいは知ってるか」

「アヤセ様とは古いお知り合いなんですか？」

「俺達同じ大学だったんだ。あいつが研究室に籠ってたのをずっと見てた」

「そうなんですね」

「学生の頃から物凄い開発をするんだって言っててさ。話半分に聞いてたけど、こんな風になるとは思わなかった」

「ワタシも一度お話ししてみたいです」

「会ったことないのか」

「ワタシにはこの家で目覚める前の記憶はありません。それ以前にお会いしていたとしても、記憶には残っていません」

「まあ、覚えてなくて丁度いいよ」丁寧に巻き取ったケーブルを失くさないよう引き出しに仕舞った。

「どうしてですか？」

「誰にでも偉そうなのが取り柄なんだ。もし会っても不愉快になるぞ」

「ワタシは平気です。どんな方だとしてもお礼を言いたいです」

「お礼？」

「ワタシを作ってくださったお礼です」

「きっと泣いて喜ぶ。あいつにとっては最高の褒め言葉だろうな」

「はい」

　ボタンを押してパソコンの電源を落とす。完全に画面が消えたのを確認して桜を連れてそのまま仕事部屋から出た。

## ◆四◆

朝からずっと、パソコンの画面を見て何度も足を組み替えながら頭を捻っている。作業途中の画面を見ながら手を動かしてみるけれど、何か違う気がして元に戻す。そんなことを続けてもう数時間だ。いい加減ブルーライトで目が痛くなってきた。

仕事というのは不思議なことに手間のかかる案件ほど纏まって一気にやって来るもので、まだ余裕だと油断して仕事を請け負っているうちにあっという間に自分の首を絞めている状態になってしまった。やってくる依頼は殆どが知り合いのツテの依頼だから無下に断ることも難しい。

納期は長めに貰って睡眠時間も削って作業をしたけれど、暫くの間リビングでゆっくり息抜きをすることもできない日々が続いた。桜はそんな俺に気を遣って邪魔はしないでくれているし、片手で簡単に食べられる食事を作って運んでくれた。何も言わず協力してくれるのはこういう時本当に有難い。

思うように作業が進まないまま悩んでいたら仕事部屋のドアが二回ノックされた。

「はい」

トレーを持った桜が入ってきた。

「コーヒーを淹れました」

「ありがとう」

熱いコーヒーが入ったカップを受け取って一口飲んだ。少し入った砂糖の甘さで脳が生き返る感じがする。しっかり苦さが残っているのも目が覚めて有難い。

「今日も一日お仕事ですか？」

「うん。思ったより全然片付かなくて」

「根の詰めすぎは良くないです。休憩もしてください」

「分かってる」

そう返した時、机の上のスマホが小刻みに震えた。また新しい依頼か。反射的に手が伸びて裏返していた画面を確認した。

通知に表示されていたのは仕事の依頼でもなんでもない、ただの親の名前だった。

『久しぶり。そろそろ誕生日ね。いい歳だし、家あげたんだから彼女と一緒に住むらいしなさいよ。部屋がもったいないから』

両親は俺がどこで何をしていても基本は放置している人だけど、季節ごとに一回くらいこういった連絡がやって来る。ここ最近は連絡ついでにこういった圧も加えられるようになってきた。

スマホを見ながらため息をつくと、桜が声をかけてきた。

「またお仕事の連絡ですか」

「違う」

「何かよくない連絡ですか？」

「平気平気。誕生日にかこつけてちょっと面倒な連絡が来ただけ」

「おめでとうございます。どなたのお誕生日ですか？」

「俺だよ」

「マスターのお誕生日ですか？」

「あれ、言ってなかったっけ」

「知りませんでした」

「忘れてたんだよ。大したことでもないし」

「お誕生日はいつですか？」

「十六日」

「今月の十六日ですね。データを更新しました」

「わざわざいいのに……」

「安心してください。データのバックアップも取れています」

「誕生日とか、正直どうでもいいな。今はそんなことより早く仕事を片付けたいよ」

俺の言葉も虚しく仕事の波はそう簡単に鎮まってはくれなかった。

毎日毎日、朝日が昇ると同時に起きて日付が変わる前まで一日中仕事をする。立ち上がるタイミングがあるとすれば、トイレの時か仮眠を取りに寝室に行く時くらいだ。

そうして仕事漬けになってるとあっという間に日にちは過ぎて、外では控えめな雨が止まない日が続いていた。桜が言うには、テレビで梅雨前線が日本を覆っていると言っていたらしい。まだ暫くは雨の日が続くそうだ。どうせ部屋に籠ってるんだから雨が降っても困りはしないけど、湿気のせいでじめじめするのは鬱陶しい。腕が机に張り付いて集中できないし頭が痛い日も増えた。

数日ぶりにやっと雨が止んだ日。作業の手を止めて目頭を押さえた。指で触って分かるほど目の奥が固まってる。ほぐしながら息を吐いた。一度休憩したほうがいいかもしれない。

作業途中のデータを保存して椅子から立ち上がった。ドアを開けて部屋の外へ踏み出そうとした瞬間、扉の前に立っていた桜とぶつかりそうになってしまった。

「うわ」

「すみません。大丈夫ですか？」言いながら手にしていた何かを自然な動きで背後に隠す。

「大丈夫だけど――。何か用？」

「お部屋をノックしようとしてました」

「丁度休憩しようと思ってたんだけど」

「お邪魔でしたか？」

「いや、今なら話を聞けるよってこと」

「お邪魔でないならよかったです。これをどうぞ」背中に隠していた手を前に戻した。微笑んだ顔で渡されたのは、小さな青い花束だった。

「え？　何これ」

「花束です。辺りで自生している花を摘みました。お誕生日おめでとうございます」

「今日って十六日？」

「はい」

自分で教えたはずなのに、誕生日のことをすっかり忘れていた。

「……凄いな。こんなことまでしてくれるんだ」

「はい。マスターの大切な日のお祝いです」

「ありがとう――。綺麗な色だ」

ぎこちない手つきで花束を受け取った。緑の葉の中に薄いブルーの花が小さな星みたいに散らされている。小ぶりなものだけど、紛れもなくちゃんと花束と言えるものだ。どこから用意したのか綺麗な紙で包まれていて、花と同じような青いリボンが茎の部分につけられている。葉っぱの形がなんとなくハートの形をしていて、少し力を入れて持っただけで潰してしまいそうなほど繊細でふわふわしていた。

「お部屋と同じ青色のものを選びました」

「一人で用意したの」

「はい。お金をかけずにワタシ一人で用意できる贈り物にしました」

「はは、しっかりしてるな。これなんて花？」

「ブルースターです。暑さに強いのでこれくらいの時期に咲くそうです」

「ふうん」

「花はお好きですか？」

「正直、好きでも嫌いでもないけどさ……」

「もっと別の物の贈り物がよかったですか？」

「ううん、思ったより嬉しい」

「お祝いができてワタシも嬉しいです。ご飯もお好きなものを作りますね。何がいいですか？」

「……ロールキャベツ？」

「ケチャップ味ですね」

「うん」

「分かりました。お口に合うように頑張ります」

そう言って桜はリビングに消えていった。

貰った花はどうすればいいか迷って、適当なガラス瓶に水を入れて仕事部屋に置いてみた。こんな殺風景な男の仕事部屋に花なんて似合わないかと思ったけど、淡い青色は思ったよりすんなり部屋の中に溶けこんだ。まさか俺が花を飾るようになるなんて想像もしなかった。そのうちドライフラワーとか飾り出すようになるんだろうか。桜がくれるなら、それはそれで悪くないと思えた。

溜まっていく一方だった仕事にようやく一区切りをつけた翌日は、気持ちのいい青空だった。いつの間にか夏も本番になって窓から入ってくる日差しだけでかなりの熱を感じる。リビングで座ってぼうっと夏の空を眺めていたら、外から帰ってきた桜が入ってきた。

「お帰り」

「はい、戻りました。休憩中ですか？　飲み物を淹れましょうか」

「いいよ。それより座って休んだら。暑かったでしょ。何してたの？」

「花壇のお世話です」

「花壇？　そんなのあったっけ」

「いえ、ワタシが作っています。庭の隅に群生してる花があったので、お世話をしている最中です」

「へえー……知らなかった」

「色んな花が咲くようになれば、また花束をプレゼントできます」

「そんなに外出て、日焼けしても知らないよ」

「ワタシは日焼けはしません」

「便利だな」

向かいの椅子に座ると思っていたのに、桜はエアコンの下で床に座り込んだ。

「どうしたの」

「体内の温度が上がりすぎました。オーバーヒートする前に冷やしています」

「え、大丈夫？」

椅子から立ち上がって桜の隣に腰を下ろす。

「動作に影響は出ていないです」

近づいてみると、いつもは少し聞こえる程度のファンの音が今はハッキリ聞き取れるほど大きかった。

「ちょっと触るよ」

軽く触れた額からは確かに熱が伝わってくる。背中に手を回したらお腹の近くはもっと高い熱を放っていた。ファンが回っている振動もここが一番強い。このままだとよくないのは確実だ。

「気にしないでください。こうしていれば冷えます」

「この熱さは平気じゃないでしょ。ちょっと待ってて」

立ち上がって寝室に急いだ。クローゼットからできるだけ生地の薄い服を探す。下のほうに隠れていた半袖のＴシャツを引っ張り出して桜の所に戻った。

「はい、これ着て」シャツを桜に渡した。

「でも、これはマスターの服です」

「きっとこっちのほうが少しは涼しいから、着替えて」

「分かりました」

服を受け取るとなんの躊躇もせずその場でシャツのボタンを外し始めた。

「ちょ、待って待って！」慌てて桜の手を抑えた。

「はい？」

「俺向こう向くから」

「どうしてですか？」

「いいから。着替える時は俺の見えない所でやって」

「分かりました」

俺が後ろを向くのを待ってから桜の着替えが始まった。

見えていない分ただ布が擦れてるだけの音がやけに耳に響いて聞こえる。ボタンが外れる音、シャツと肌が擦れる音、そのシャツが床に落ちる音。桜の動きを耳で追わないように頭の中で素数を数えてみたけど、あまり意味はなかった。

「できました」

振り返った先にはぶかぶかの俺のTシャツを着た桜が居た。首元は緩くて大きく開いてるし、袖も丈も余らせている。下はいつもと同じスカートなのに、かなり雰囲気が違って見えた。

「うん……冷えるまではそれ着てて」胸元が見えないように襟を直してやった。

「ありがとうございます。涼しいです」

「氷も取ってくる」

キッチンに行って適当なビニール袋に氷を入れて持って行った。なるべく見えないようにしながら服を捲って、熱の高い部分に当ててあげるととても気持ちよさそうな顔をした。

「ありがとうございます」

「気持ちいい？」

「はい」

氷が溶けるとすぐ新しいものに入れ替えた。何度氷を新しくしても一瞬で溶けて水になってしまう。本当に熱が高いみたいだ。

「ごめんな。落ち着いたら、新しい服を買いに行こう」

「服ですか？」

「元々買わなきゃいけないと思ってたんだ。でも仕事でぐずぐずしてたからこんなことに……」

「マスターのせいではないです」

「それでもやっぱり服は買おう。暑さも少しはマシになるはずだし。ついでにエプロンも」

「お手間をかけたくありません。ワタシは大丈夫です」

「俺がそうしたいんだからいいんだよ。桜が壊れたらどうするんだ。実際、夏に襟付きの長袖は暑すぎるだろ。ずっと俺のTシャツ着てるわけにもいかないし」

「分かりました。迷惑をかけてすみません」

背中を向けたまま桜が微かに頭を下げた。

「違うよ。こういう時にはありがとうって言うんだ」

「はい。ありがとうございます」

その後も何度か氷を新しくしてやっと溶けるスピードが遅くなってきた。聞こえてくるファンの音もかなり落ち着いている。額と背中を触って確認してもさっきみたいな熱さはもうなかった。

「……そろそろ大丈夫かな」

「はい」

「じゃあもう一回元の服に着替えて。俺あっち向いとくから」

「はい」

桜の着替えが終わってから早速二人で服を買いに行くことにした。

熱さ対策に俺の古いキャップを被せたらあまりに桜に似合ってなくて思わず笑ってしまった。俺が笑ってるのを見て桜も笑顔になって、二人して笑いながら家を出た。

できるだけ日陰を選びながら前と同じ道を進んでいく。

以前出かけた時とはまた違った季節の風景に桜は相変わらず楽しそうだ。

「そうだ、外では俺のことマスターって呼ぶのは止めよう」

「禁止ですか？」

「普通は人をマスターなんて呼ばないんだ。お店の人に変に思われる」

「以前お店に行った時は平気でした」

「あの時は直接店員とやりとりしてないだろ。服を買うならきっと店員が話しかけてくる」

「分かりました。どう呼ぶのがいいですか？」

「まぁ、苗字か名前だけど。名前でいいんじゃない」

「シン様」

「様は要らない」

「分かりました。シンさんですね？」

「うん。――いちいち切り替えるの面倒だし、これからはそれでいい」

「はい、情報を更新しました。ありがとうございますシンさん」

「別に……。ほら、手。出して」

「はい」

二人で手を繋いで、夏雲が浮かぶ空の下をゆっくり歩いた。照り付ける太陽はこんなに暑いのに外を歩く人は沢山いて、着いた店にも女性の客が何組か居た。

なるべく目立たないように入ったつもりなのに店員はすぐに俺たちに気が付いて、何気ない雰囲気で傍に来て様子を窺ってきた。それとなく距離をとるように棚を渡り歩いたりしてみたけど、結局桜が服を手にしたタイミングで声をかけられてしまった。茶髪の店員にどんな服を探してるのかと聞かれて「シンさんの好みの服を探しています」と答えた時は、他人のフリをしていようか一瞬本気で考えた。店員も俺を見て若干反応に困ったような顔をしていたけど、それでも最後まで愛想を保って桜のために対応してくれた。

いくつか試着して一番シンプルなワンピースを選んで会計を済ませた。隣の店が丁度可愛い感じの雑貨を売ってたから、ついでにそこで安いエプロンを一着買って必要なものは揃えられた。

服の入った袋を持ちながら適当に歩き出してみる。

「買う物は買えたけど。帰る？」

「シンさんのお買い物がまだです」

「俺はいいんだよ。行きたい所とか見たい場所とかないの」

「シンさんの行きたい所はありますか？」

「俺の？」

「はい。ワタシにはどこも初めての場所で楽しいので、シンさんが楽しめる場所がいいです」

「だから、俺のことはいいのに」

「シンさんのことを考えるのがワタシの役目です」と、嬉しそうに言った。

「ああ……うん。そうかもしれないけど」

桜がそう言うことを言わないのは分かってるけど、一度くらいワガママを聞いてみたかった。

ふと横に目を逸らしたら壁に設置された大きなディスプレイの宣伝が目が付いた。

「あ……これ」

「はい？」

「これ、映画」

大々的に映し出されていたのは有名な監督の最新作の告知だった。毎回新作のたび話題になる監督で、独特な設定と有名人を起用したキャストが見所だとテレビで話題にされていた。確かCMでも流れていた主題歌は中学生でデビューした話題のアーティストが歌っていたはずだ。

「映画の宣伝です」

「そう。これまだ観てないんだ」

「見に行きますか？」

「映画でもいいの？」

「はい。作品というものを初めて観ます」

「じゃあ行こう」

手を引いてエスカレーターで上に向かった。映画館があるのは最上階だ。フロアーに着くとすぐ目の前に映画館の赤いロゴと黒い大きな内装が見えた。大きく口を開けている壁には上映中の作品と、この先上映される作品の告知が張られている。中ではポップコーンを手にしたカップルや壁際でスマホを弄っている人がまばらに散って開場を待っていた。多分皆同じ映画を見に来た客だ。

「これが映画館ですね？」薄暗い館内を桜はもの珍しそうに見渡した。

「うん。暗いから足元気を付けて」

「はい」

「まだ少し時間があるな」

「皆さんここで何をしてるんですか？」

「中に入るのを待ってるんだ。時間まで開かないから」

「ということは、ワタシたちと同じ映画を見に来ているということですか？」

「たぶん」

「人気のある映画なんですね」

「大人気らしい。興行収入も何十億とか言ってたよ」

「後で情報を検索しておきます。映画館というのはどうやって楽しむものですか」

「正解なんてないよ」

「皆さんは食べ物や飲み物を買っています」

「絶対買わなきゃいけないわけじゃない」

「そうなんですか？」

「俺は買わないな。無駄に高いし。上映中はとりあえず、静かにして座ってればいいから」

「分かりました。動かずに居ることは得意です」

「うん、任せた」

無事に二人分のチケットを買って劇場の中に入った。桜は初めて座るふかふかの椅子の座り心地を何回も確かめていた。本編が始まるまでは他の作品予告を見ながら知ってる俳優について適当に教えた。

照明が落ちて上映が始まると桜は宣言していた通り完璧と言っていいほど物音一つ立てなかった。あまりにじっとしてるから知らない間にまた動きが止まってないか何度か確かめたくらいだ。時々盗み見た桜の横顔は一言も漏らさず覚えようとしているみたいに、最初から最後まで映画のスクリーンにくぎ付けになっていた。

未来予知の力を得た少女とそれを知ってしまった少年の青春とＳＦの物語は、二時間足らずの時間があっという間に感じるほど見どころがあって、人気が出るのも納得できる作品だった。

充分堪能して映画館を出た後カフェでコーヒーでも飲んで落ち着くかと思ったけど、桜は何も注文できないのを思い出して止めた。代わりに自販機でジュースを買って、休憩用のベンチに座って映画の感想を話し合った。話したというより、桜が理解しきれなかった登場人物の感情の動きやセリフの意味を俺が説明することがメインだった。人の感情を理解しきれない桜に少年少女の青春について事細かに説明するのはかなり恥ずかしくて苦戦した。その代わり桜は二時間弱のセリフを一度観ただけで完璧に覚えていて、俺の曖昧な記憶を訂正してくれた。

帰る時になってもまだ、太陽は行きと同じくらいの凶悪さで照り付けていた。桜が倒れたりしないか様子を窺いながら帰り道を歩いたけれど、俺のボロい帽子が少しは効いたのか、何事もなく家までたどり着くことができた。むしろ無防備だった俺のほうが暑さにやられて帰ってからリビングでぐったり座り込んでいた。

「麦茶です。どうぞ」置かれたグラスの表面に水滴が垂れた。

「ありがとう」

「疲れましたか？」向かいの椅子に桜が座る。

「少しね」口に流し込んだ。冷たさと香ばしさが体に染みていく。

「すみません。もう少し早く帰ってくるべきでした」

「なんで謝るんだよ。行こうって言ったのは俺でしょ」

「シンさんの体調にもっと気を配っておくべきでした」

「こんなのすぐ治るから。それより着替えたら？　そのままだとまた熱が籠るぞ」

「分かりました」

桜は買ってきた服を手に取ってリビングから出ていった。残された俺は一人で着替えが終わるのを待った。いきなり目の前で着替えなくなったのはいいことだけど、ただ着替えを待つだけなのもそれはそれで妙な緊張感がある。

「お待たせしました」

声と一緒に桜が戻ってきた。

歩くリズムに合わせてスカートの裾が揺れる。現れた桜は今までと全く違う雰囲気がした。ワンピースの淡い色合いがよく似合ってる。ノースリーブの形が見た目にもかなり涼しそうだ。さっきより一気に薄着になったのが夏らしくて、初めて夏になってよかったと思えた。こんな風に楽しめるなら、これからも時々新しい服を買ってあげようと心に決めた。

「いかがですか?」

「ああ、うん。似合ってるよ」

「ありがとうございます。お代わり飲みますか?」

「あ、うん。お願い」

「持ってきます」

すぐにキッチンからお茶の入ったボトルを持ってきてくれた。真横に立った桜がグラスを取ろうと腕を伸ばした時、切り抜かれたノースリーブの腕の隙間から胸まで見えそうになって咄嗟に目を反らした。薄着になって涼しくなったのはいいけど、袖も襟も広く開いていて緩いシルエットで作られている分、ちょっとしたことで服の中が見えてしまいそうで俺の方が神経をすり減らすことになりそうだ。

もう一度視線を戻してお茶が注がれるのを黙って待つ間じっと桜を見ていた。お茶を入れている細い二の腕が無防備に目の前に差し出されている。俺と違って色白で柔かそうなのが気になって、その肌に触れてみたくなった。

「ねえ、桜」

「はい」

「触ってもいい……？　少しだけ」

「ワタシにですか？」

「嫌ならいいんだ、別に。ごめん……忘れて」

「嫌というわけではありません。どうぞ」

お茶のボトルを置いて俺の前に膝立ちになった。顔がぐっと近くなる。

「え……いいの？」

「はい」

半分信じられない気持ちでゆっくり手を伸ばした。指先が髪に触れて静かに頭を撫でた。

「今日は本当に、ありがとうございました」撫でられたまま桜が口を開いた。

「いいんだって」

「この洋服も初めて映画を観られたことも感謝しています」

「うん、俺も楽しかった」

桜は目を細めて微笑んだ。この笑顔が今自分の手の中にあることが信じられない。

俺を見上げる桜を見ていたら自然と、頭に置いた手が下に滑って緩く頬の曲線をなぞった。柔らかそうな見た目とは違って身の詰まった頬は硬い感触で俺の指を跳ね返してくる。俺の指が動いても桜はされるがままだ。

そんなつもりはなかったのに、体が勝手に顔を近づけようと動きだした。少しずつ身を乗り出して桜との距離が縮まっていく。どれだけ近づいても桜は避ける素振りも全くしない。いつもと同じ瞳がじっと俺を見つめている。頬に置いた手が首の後ろに回って、うなじのソケットの冷たさに当たった。その感触に忘れかけた大事なことを思い出しそうになっても、止めようとは思えなかった。今は何もかもがどうでもよくて唇に触れたくて目を閉じた。

本当に触れ合う直前、口を開いた。

「シンさん？　何か御用ですか？」

何も知らない桜はまだじっと俺を見上げていた。

「あ……いや……」

「何かお困りですか」

「……ごめん。忘れて。ほんと、ごめん」

入れてもらったお茶もそのままにして逃げるように仕事部屋に駆け込んだ。

ドアを閉めて、背中を預けて崩れるようにへたり込む。自分で自分のことが信じられなかった。

すぐに俺を追いかける足音がやって来て背中のドアをノックされた。

「シンさん、大丈夫ですか？　体調が優れないですか？」

「……」

「何かお困りなら力になります」

「……いい」

「ワタシではお役に立たないことですか？」

「頼むからほっといてくれ」

「具合が悪いのなら看病が必要です」

「……話したくないんだ」

「どうしてですか？」

「……」

「ワタシは人とは違います。秘密を漏らすことはありません。安心してください」

人じゃないから困ってる。人じゃないのに、そう、人じゃない。馬鹿げてると自分でも思う。こんなの異常だ。

「ごめん……」

「分かりました。お体は冷やさないでくださいね」

それ以上は食い下がらずに、その日桜は静かに下がっていったまま声をかけてくることはなかった。

## ◆五◆

「もう少しそっち寄って」

「はい」

　桜が横にずれて俺にも扇風機の風が当たりやすくなった。世間ではもうとっくに夏休みも終わってるのに、まだまだ暑さは収まらない。特に桜は熱が籠りやすくて、こうして二人で扇風機の前に座って涼むのが日常になった。

「とても涼しいですね」風が当たるたび桜の髪が揺れている。

「扇風機はいいな。エアコンと一緒に使うと電気代節約できるらしいし」

「そうなんですか、不思議です」

「今日も庭に出てたでしょ。熱が籠ったんじゃない？」

「大丈夫です。時間も短かったですし、新しいお洋服のお陰で涼しいです」

「ならよかった」

　ワンピースから出た肩が触れそうで、あまり近づきすぎないように少しだけ距離を保った。

　仕事部屋に逃げ込んだあの日から暫く時間が経った。初めは桜を好きだと思う自分を受け入れられなかったけれど、日を追うごとにはっきりと確かなものになっていく気持ちを前に、無駄な抵抗は止めることにした。ただ、桜に何をどう話せばいいのか整理がつかないまま、ずるずると今日まできてしまった。話したいとは思うのに、伝えたところでなんの意味があるんだと囁く自分もいる。それでも同じ家に居る以上、このまま黙っておくこともできない。何もしないよりはマシなはずだと言い聞かせて大きく息を吸った。

「あのさ……」

俺が口を開くと同時に隣で桜が立ち上がった。

「もうすぐ食事の時間です」

「え?」

「食事の準備をしてきます」

「ま、待って」咄嗟に手首を摑んで引き留めた。

「はい。どうしましたか?」

「その……。まだいいよ、お腹空いてないし」

「それなら、先に下準備を済ませます。食べたくなったらいつでも言ってください」

「後でいいって。座って。その……話があるんだ」

「分かりました」素直に俺の隣に腰を下ろした。

引き留めたはいいけれど、どちらも口を開かない沈黙の時間が流れた。時計の音だけが規則的に聞こえてくる。とにかく何か言おうとして無理矢理口を開いた。

「……桜って、人間の感情は理解できるの？」

「大まかな感情は把握しています。よくない出来事があった時の感情は怒りや悲しみです。新しい命が生まれるのは嬉しいことです。人と同じように感情を持つことはできなくても、そういった事例と解はインプットされています」

「じゃあキスは。分かる？」

「その対象に親愛・友愛などの愛情を感じている時にする行動です」

「正解。凄いなちゃんと分かるんだね。この前一緒に服を買いに行った日のことは覚えてる？」

「はい」

「あの時言えなかったことがあるんだ」

「なんでしょうか」

「笑わないで聞いて……俺はあの時、桜にキスをしようとした」

「ワタシにですか？」

「ああ」

「ありがとうございます。それは嬉しいことです。好意の証です」

その言葉に軽く首を振った。

「そんな綺麗なものじゃないよ」

「どういう意味ですか？」

桜の目が正面から俺を見ている。できるだけ気持ち悪くない言い方を考えてみたけど、これ以上にしっくりくる言葉が見つからなくて結局そのままを口にした。

「俺、桜が好きなんだ」

「はい。ワタシもシンさんが好きです」

間髪入れずに桜が応じた。当たり前のように好意を返してくる。きっとそうなると分かっていた。桜は絶対、俺を拒絶したりはしない。

「ありがとう。……でもきっと、桜の好きと俺の好きは違うよ」

「どうしてですか？　どちらも言葉は同じです」

「意味が違うんだ。俺が人で、桜は人じゃないから」

「ワタシの言葉の使い方が間違っているということですか？」

「そうじゃない。人にはたくさんの好きがあってどれもが複雑なんだ。それこそ、データとして記憶しておけないほど」

「シンさんの好きはどういった好きですか？」

「……桜を可愛いと思うし、笑っていて欲しいし、大事にしたい好きだよ」

「ありがとうございます。ワタシもシンさんのことが大切です」

桜が笑った。均等に口角が上がった、寸分の狂いもないあの笑顔だ。

何度も見てきたそれは、この場面でもいつもと何も変わらない。

扇風機のスイッチを止めて正面から桜と向きあった。

「……いい？　よく聞いて」

「はい」

「分からなくていい、覚えてて。桜が俺の気持ちを本当の意味で理解できなくても、俺は桜が好きだから」

「ワタシが理解できなくてもというのは、どういうことですか？」

「もう一つお願いをしていい？」

「はい」

「俺の恋人になってくれないかな」

今度は応えるまでに少しの間があいた。

「恋人というのは人同士が結ぶ関係のことです。ワタシでもそれは成立しますか？」

「うん。きっとするよ」

「分かりました。シンさんの期待に応えられるよう頑張ります」

いつの日だったか、二階の部屋の掃除をお願いした時と全く同じ返事だった。でも、それでもよかった。なんでもいいから桜に伝えられた。ただの機械と人間じゃない、名前のついた関係になることができた。それが傍から見てどんなに滑稽でもかまわないと思った。だってこの気持ちに嘘はない。

「ありがとう。大事にするよ」

「ありがとうございます。恋人としてワタシはどういった行動をすればいいですか？」

「そうだな……。普通は二人で出掛けたり、ご飯食べたり、人によっては一緒に寝起きして暮らしたりすると思うけど」

「それは今までとあまり変わらないです」

「他にもあるにはあるけど……」

「なんですか？」

「ハグとか……まあ、そういうの。スキンシップ？」

「触れ合いということですか？」

「嫌なら別にいいんだ。――桜はそういうのじゃないって分かってる」

余裕ぶってみせたところで、隠し切れない本音は漏れている気がした。

「ワタシは平気です。シンさんはどうですか？」

「嫌じゃないなら、少しくらいはしたい……」

「分かりました。ワタシがお役に立つなら、いつでもどうぞ」

桜は俺に向けて両手を広げて見せた。

「え、今？　えっと……じゃあ。失礼します」

桜の背中に手を回して、壊れないようにそっと力を込めた。

抱きしめた桜の体は人より硬くて細かい振動が伝わってきた。お腹のあたりがほほのかに温かい。人間の体温とは違う温もりだ。桜も俺の背中にそっと手を置いてくれている。初めてのはずなのに、抱きしめた時に不思議なほど心地がよくて落ち着いた。

「ハグはこれで合っていますか？」

「うん」

「よかったです」

役に立てたと思ったのか、桜はどこか満足そうな顔をした。

『ソイツは下の世話をするようには作ってないんだ。サカって手を出してもいいことないからな』

いつか言われたアヤセの言葉を反芻しながら俺もゆるく笑い返した。


少しの間黙ったまま桜の感触を確かめてから体を離して、その後はいつも通りの一日を過ごした。桜が恋人になっても何かが急に変わるわけでもない。

仕事部屋に戻って作業をしたりメールに返事をする。時には上手くいかなくて頭を掻きむしる。その間も廊下から桜が行ったり来たり家の中を動き回っている足音が聞こえてきて、たまにコーヒーを淹れて持ってきてくれた。

　夜も遅くなってきてリビングに顔を出すと桜は椅子に座って読書をしていた。

「また本読んでるんだ」

「はい。もうお仕事は終わりですか？」

「うん。桜は？」

「今日はもうお仕事はありません」

「いつも読んでるね。読書楽しい？」

「はい。どの本を読んでも新しい発見があります」

「へぇ。適当なところで休みなよ。俺先に寝るから。お休み」

「その前に、少しお話をいいですか？」

読んでいた端末を置いて、リビングから出ていこうとした俺に近寄ってきた。

「何？」

「よければ、今晩からワタシも一緒に休ませてもらえますか？」

「えっ、一緒に？」無意識に体が一歩距離をとった。

「シンさんは一緒に寝るのも恋人の役割の一つだと言いました」

「そんなこと言ったっけ？　いや、言ったかもしれないけど……」

「恋人としてすべきことなら、ワタシは全うします」

「そう言ってもなあ……」

「何かお困りですか？」

「それは特別なことなんだ。……色々心の準備が要るんだよ」

「お待ちします」

「いや、いいよ……分かった。じゃあ行こう。充電はいいの？」

「お部屋のコンセントを使ってよければ、充電しながら休むことができるので大丈夫です」

この日一緒に暮らしてから初めて、二人で同じ寝室に向かった。たった十歩程度の廊下を歩くだけなのに、どうエスコートすればいいのかなんてことを真剣に考えて頭がいっぱいだった。桜を相手にエスコートも何もないだろと、もう一人の俺が頭の中でツッコんできた。

扉の前に立ち、ドアを開けて先を促す。

「ありがとうございます」

俺の騒がしい脳内とは裏腹に、桜はなんの躊躇も感じさせない気軽さで俺の寝室に入っていった。

特別なものは何も置いていないただの寝室だ。

ベッドの上で丸まっているズボンをどけて整えている間、桜には適当に俺のＴシャツとズボンを貸してワンピースから着替えさせた。それから首の後ろに手を伸ばしてケーブルをつないで充電の準備も自分でしていた。

「そっち側使っていいよ。そのほうがケーブル邪魔にならないでしょ」

「ありがとうございます」

先に俺がベッドに入って残りの半分のスペースに桜が布団を捲って入ってきた。動きに合わせてマットレスが揺れるたび、自分以外の存在が同じベッドに居ることを実感して背中が妙に緊張した。もう今日は寝れない気がする。

「電気消すね」

「はい」

首の後ろからケーブルが伸びているせいで桜はどうしても横向きになるしかない。必然的に、仰向けになっている俺の横顔を桜がずっと見つめてくる姿勢になった。部屋の電気は消したとはいえ、どうしても顔の近さを意識せざるを得ない。体勢を変えて向き合って寝るなんて強気なことはできなくて、見られることを感じながら天井を見つめて固まるしかなかった。

「シンさん」静かに桜が口を開いた。

「何？」

「狭くないですか」

「……桜は？」俺も自然と小声になる。

「平気です。充電も問題なくできています」

そう言いながら小さく体を動かして体勢を整えた。暗い中でもほんの少しの光を反射して光る瞳が俺を見上げているのを感じる。

布団の中で少し手を動かしたらすぐ桜の手に当たった。一瞬どうしようか迷った後、そっと指を絡めたら同じように桜も握り返してくれた。毛布の下でお互いの手の感触を感じながら時間が過ぎていく。俺の手はどんどん熱くなって湿ってくるのに、桜の手は少しだけひんやりしてて乾いたままだ。

「よければ寝るまで少し話をしますか？　この間読んだ小説では寝物語という言葉が出てきました」

「よく出てきたなそんな言葉。いいけど」

「シンさんはこのお家で育ったんですか」

「ここは元々遠い親戚の家だよ。自分達が住まなくなって俺が押し付けられた」

「そうなんですか」

「どうしてそんなこと聞くの」

「二階の部屋で、柱に身長を測った印の跡を見つけました」

「ああ……、俺のじゃないよ。実家は別にある」

「そのお家はシンさんの印もありますか？」

「どうだろう……。一つくらいはあるかもしれないけど。うちの親は身長なんて頓着しなかったからな。俺は覚えてない」

「でしたら明日、シンさんの身長も測って印をつけましょう」

「ええ？　あんまり興味はないけど」

「見返した時に記念になります」

「もう年とって縮むだけだからな。後で見たら悲しくなりそう」

「そういうものですか？」

「多分ね。どこまで縮むのか、そっちの方がちょっと怖い」

「背の小さいシンさんもお会いしたいです」

「できれば縮みたくないよ」

「シンさんが小さくなっても傍でお役に立てたら嬉しいです」

「むしろ、居なくなられたら困る」

桜と向かい合うように寝返りを打って、桜の体を抱き寄せた。体に腕を回しても桜はじっと大人しいままだ。完全に腕の中に収まった体は心臓の音がしない。代わりに中で動く機械が時折カタッと波打った。その小さな揺れが人間の脈みたいだ。

「ワタシはずっと傍に居ます」

「――うん」

頭の中で想像してみた。この先何十年も一緒に居て年老いた自分はどうなっているんだろうか。普段運動をしない体は相当弱っているかもしれない。桜の手を借りて歩く自分も悪くない気がした。一緒に居られるならそれでいい。

桜の脈を一つ一つ確かめながら、この音がずっと続くようにと願った。

## ◆六◆

桜との暮らしを始めてから何度か春が通り過ぎた。同じ数だけ俺の誕生日を祝ってくれた回数も増えていった。

プレゼントなんていいからと言っても、桜は毎年ケチャップ味のロールキャベツを作って、ブルースターの花束を用意しくれる。俺は俺で要らないと言っておきながら、貰った花は仕事部屋の日当たりのいい窓辺に置いて世話をしている。仕事部屋に来た桜がそれを見つけて「来年もご用意します」と約束するのがいつの間にか恒例になった。

お返しに俺も桜の誕生日も祝おうとしたけど「ワタシに誕生日はありません」と、至極当然の理屈で断られてしまった。

いくら時間が経っても全く見た目の変わらない桜とは反対に、俺の体は確実に変化していた。たまにちょっと体を動かすだけで筋肉痛が長引くようになったし、だんだん腹に肉も付きやすくなってきた。出会った頃は桜と並んでいても同年代に見えていたのに最近は少し歳の離れた兄みたいだ。

どれだけ歳を取っても桜との生活に変わりはない。毎日一緒に寝て起きて、ご飯を食べて、たまに二人で外に出かけて。色んな話をしながらなんでもない日々を過ごしていった。桜のための服も増えたし、二人で寝るためにベッドも大きいものに買い替えた。恋人としての桜は完璧で、いつだって俺のことを考えてくれているし、感謝の言葉も笑顔も忘れない。俺の役に立とうとする気持ちが一層強くなって、頼んだ事は自分の体を顧みずに叶えようとする傾向があるということも分かった。

家の外ではしつこい残暑もようやく収まって、雑木林の緑に黄色や赤が混じり始めている。引きこもりがちな俺でも散歩に行きたくなるような気持ちのいい風が吹く日の午後、予定にない来客があった。

インターホンの古びた電子音がリビングに居た俺たちの耳に届く。

「どなたでしょうか」

コーヒー用のお湯を沸かそうとしていた桜の手が止まった。

「俺出るよ」リビングの椅子から立ち上がる。

「ありがとうございます」

玄関に行き履きつぶした靴をひっかけて玄関の扉を開けた。

そこに待っていたのは、上着のポケットに両手を突っ込んで立っているアヤセだった。

「……なんだ。再会の挨拶もなしか」目を丸くして固まる俺を見て片方だけ口角を持ち上げた。その表情は紛れもなくアヤセそのものだ。

顔は少し老けた印象があるけど、眼鏡越しに見える小さなギラついた目は変わっていない。

「——驚いた。なんだよ急に。毎回毎回、いきなり来るなよ」

「アポ入れて来るほうが気持ち悪い。アイツのメンテナンスが必要な頃合いだろ。お前にはできないだろうから俺が代わりに来てやったんだ。新しいアンドロイドがもうほぼ完成してててさ。その自慢ついでだ」

相変わらず研究続きなのか、目の下には濃いクマが出来ていて艶のない長髪には少しだけ白髪も見えた。昔はなかった顎ヒゲが薄く蓄えられていて、喋りながら撫でるように何度か触った。

「メンテナンスなんか頼んでないぞ」

「お前の頼みなんか関係ない。アレはオレの作品なんだ。オレが面倒見るのは当然だろ。とにかく上がらせろ」

俺を押しのけてアヤセが足を踏み入れた時、奥から桜の足音がやって来た。

「お客様ですか？」

アヤセの顔を見つけると足を止めて一礼した。

「初めまして。アヤセ様」

「問題なく動いてるな」

「はい」

「そういえばこいつのこと知ってるんだったな」

桜に向かって言ったつもりが、横からアヤセが割り込んできた。

「当たり前だろ。自分の作品には必ずサインを入れるもんだ。コイツの場合表面に印字するわけにいかないからな。製作者のデータとしてオレのことをインプットしてある」

話しながら足を擦り合わせるようにして靴を脱ごうとする動きを見せた。

「おい、勝手に上がるな」

「はるばる来てやった客人だぞ？　ありがたく出迎えろよ」

「急に来て勝手に上がりこむ客人にありがたいもクソもあるか」

俺の言葉も虚しく、簡単に土間の段差を越えて家の中に入られてしまった。

「いらっしゃいませ。どうぞ。コーヒーを淹れますね」

「砂糖多めでミルクは少しにしてくれ」

「はい」

にこやかに受け入れる桜に連れられてアヤセはそのままリビングに行ってしまった。

一人置いていかれた俺は釈然としない気持ちのまま少し遅れて二人の背中を追ってリビングに入った。

「シンさん。コーヒー豆は何がいいですか」と、キッチンから桜の声。

「同じのでいいよ」

アヤセは俺の目の前で俺の椅子に座って、早速コーヒーを堪能している。背もたれに体を預けて足を組んで、家主のような寛ぎっぷりだ。本当にこいつには遠慮というものがない。

「その椅子は俺のだ」

「まあまあ。そっち、座れよ」余裕のある動きで向かいの桜の椅子を指さした。

「なんでお前が偉そうなんだよ。そっちは桜の椅子だ」

「桜？」口に持っていきかけたカップを止めて俺を見た。

「名前だよ」

「お前アレに名前つけたのか？」

「だって呼ぶ時に困るだろ」

「そんなの、おいとかお前で充分じゃないか」

「よくない」

「お待たせしました」桜がコーヒーを運んできた。

嗅ぎ慣れた香りが広がる。俺の前にカップを置くと少し離れた壁際で黙って立ちつくした。

「座らないの？」

「ワタシが座ってしまうと、シンさんの座る場所がなくなります」

「こいつが立てばいいんだよ」

「ワタシは大丈夫です。ここで待機しています」

「そうだそうだ。コイツを作ったのは誰だと思ってる。オレだぞ？　丁重に扱え」

　横でアヤセが面白がっている。

「人の家に来て偉そうにするな」肩を掴んでどかそうとするけど軽い力ではびくともしない。

「なんだ、感じ悪いな」

「立て。そこは俺の席だ」

「嫌だね。なんでソイツが座ってオレが立たなくちゃいけないんだ」そう言ってより深く腰を掛けてしまった。

「まったく……。もういいよ」

　仕方なく、仕事部屋から椅子を持ってきて俺はそれに座ることにした。

　リビングに椅子を運んでいる最中もアヤセは俺の椅子に座って動きもせず、ただ黙って桜の様子を観察していた。やっと三人が座って落ち着けるようになった時アヤセの口が開いた。

「どこか異常を検知してないか」

「大丈夫です」

「そうか。見たところは体の動きにも問題はない。こんなに長い間まともな手入れもなしで動き続けられるなんて素晴らしいじゃないか。作った奴の顔が見てみたいもんだ」声高にアヤセが笑う。

「よく言うよ。最初素っ裸で連れてきたくせに」

「着飾るのは俺の仕事じゃないからな。しかし随分ちゃんとした格好させてるんだな」

「普通だろ、これくらい」

最近秋用に新しい服を買ったところだ。茶色の落ち着いたブラウスがよく似合ってる。

「そうか。女物の服は分からん。Tシャツとジーパンでも穿かせておけば間に合うだろ」

「別にいいだろ。それより、何か話があるんだろ?」

アヤセは待ってましたとばかりにニヤリと笑う。

「新しい研究所に移ったって話は前にしたろ。凄いぞ、必要な物は言えばなんでも金を出してくれる。前の所みたいにケチ臭くなんかない。お陰でずっといいものが作れてる。正直コイツなんかはもう時代遅れなくらい技術の進歩は凄まじいんだ。それに

──」

「コイツじゃない。桜だ」

　饒舌になり出したアヤセの話を遮ってしまった。

「……どうした、いきなり」

「さっきからコイツとかアレとか……。物みたいに呼ぶな。桜って名前をつけたんだ」

　興味深そうな目で俺を眺めて少しだけ首を捻った。

「お前がそんなに気に入るなんて意外だな……。なんなら、今度最新型も特別に見せてやろうか？」

「……いい」

「そうか？」

「悪い、遮って」

「ふうん。お前、桜なんて名前貰ったのか」

　コーヒー用のスプーンで桜を指して円を描くよう回した。

「はい。ワタシは桜です」

「わざわざ名前をねぇ……？　まあ、いいか。さっさとメンテナンス始めるぞ」

　まだ湯気の立ち昇るコーヒーを一気に飲み干してアヤセが立ち上がった。

「宜しくお願いします」それに続く形で桜も立つ。

「メンテナンスって言っても、どこも壊れてないぞ」

「そう思っても見えない所で劣化してるもんなんだよ。PCある部屋どこだ」

「お連れします」

桜が先にリビングを出て仕事部屋に向かった。俺とアヤセでその後に続こうとして、あることを思い出した。

「そう言えば……。桜が動かないって電話した時あっただろ。あの後プログラムに少し不備があったのを見つけた」

「……なんだと？」

アヤセの足が止まった。

「どうにかできそうだったから、そこだけ少し弄ったんだ」

「弄った？　誰が」

「俺しか居ないじゃないか」

「……そんなこと、誰が許可した？」

声が少し低くなった。どんどん目が吊り上がっていく。

「許可なんかない」

「お前まさか、勝手に手を加えたのか？　オレの最初の作品に」

「作品って……大げさな。まあ、そうだな。本当に少しだけど」

「――つまらない冗談はやめろ」

「冗談じゃない」

「いいや、冗談に決まってる。クソほど不愉快だぞ」

「起動時の処理に重複してる箇所があったから、そこを省いただけだよ。大して変わりはしなかったけど」

「ふざけんなよ……」声が震えている。

「何にそんなに怒ってるんだ？」

「当たり前だ！」

突然大声を上げて摑みかかってきた。胸倉を摑んだまま勢いよく壁に押し付けられて思い切り背中を打ち付けた。

「いった……。何すんだよっ」

振りほどこうとしたけど意外なほどの力で強く摑まれて引き剝がせない。

「黙れ！　オレがアレを作るのにどれだけの心血を注いだと思ってる！」

「おい、落ち着けって」

「勝手に弄っただと?!　ナメやがって！」

アヤセの体重が一層のしかかってきた。喉の近くを腕で押さえつけられて息が苦しい。

「やめろ、なんなんだよ」

「アレはオレのもんだ！　好きに弄って許されるのはオレだけなんだよ！」

怒りを込めた目で俺を睨んできた。

アヤセの逆鱗に触れてしまったことは分かったけど、いつまでも桜をアレ呼ばわりされ続けることに俺も少しずつ苛立ちがつのってきた。

「ろくに説明もしないで無理矢理置いていったのはそっちだろ！　そんなに嫌なら連れてくるなよ」

「ああ、オレが馬鹿だったよ！　お前なんかを信じたのが間違いだった！」

「そうかよ悪かったな。じゃあ元に戻せばいいだろ?!」

「そういうことじゃないんだよ！　くそおっ……」

俺を押さえつけていた手が緩んで、アヤセは崩れるように床に座り込んだ。叫び声を聞きつけた桜が様子を見にリビングに戻ってきた。

「シンさん、どうしましたか?」

壁に張り付いたように立つ俺と座り込んだアヤセを見比べてアヤセのほうに駆け寄った。

「アヤセ様。どこか具合が悪いんですか?」

「……なんでもない。気にするな」

「ですが、顔色が優れません」

「やめろ、大丈夫だから触るな」

体を支えようとした桜の手を拒絶してアヤセはよろけながら自力で立ち上がった。

「放っておいていいよ、桜。心配ない。ちょっと口論しただけだから」

「はっ……何が桜だ。人間みたいな名前つけやがって。お前にはコレが人にでも見えてるのか？」

「もう喋るな。俺が悪かったから。止めろ」

「ただの機械だ、ロボットだぞ。常識で考えろよ」

「黙れよ」

「人と関わらなさ過ぎて、ついにいくとこまでいったってわけか」

「黙れって」

桜を指さして、アヤセはあざけるように半端に笑った。

「まさかとは思うけど……。お前、コレに入れ込んでるんじゃないだろうな？」

「コレじゃないっ。桜だって言ってるだろ！」

「ははは っ……マジかよこいつ。正気じゃねえ」

「……悪いのかよ」

「勝手に人様の作品に手を加えた挙句、それ使って恋愛ごっこだ？　気色わりぃ」

「お前になんの関係がある」

「大ありだね」

アヤセは素早く移動すると桜に襲いかかった。のしかかられた重さで桜は床に倒れた。馬乗りになってアヤセが押さえつける体勢が出来上がった。

「何するんだ！」

「残念だが、コイツには余計な奴の手が加わった。もうオレの作品とは呼べない。残しておくくらいならこうする方がマシだ。お前の狂った頭も元に戻るだろ」

体が動かないように押さえつつ桜の頭を捻ろうと力を加えている。

「このままでは故障します。やめてください」

桜の手がどうにか逃れようとしているけれど、しっかり掴まれた両腕が解けない。

「動くな」アヤセはもっと体重をかけて押さえ込んだ。

「離せ！」

後ろから背中を掴んで引っ張った。馬乗りになったアヤセはしがみついたままで、なかなか離れない。何度か強く背中を殴っても呻き声を出すだけで、手を止めようとはしなかった。

最初はなんともなかった桜の首からヒビが入るような嫌な音が聞こえ始めた。

「いい加減にしろ！　壊れたらどうする！」

「壊してるんだ、邪魔するな！」

「離せって、言ってるだろ！」

やっとの思いでアヤセを引き剝がしたのと同時に、桜の首からバキンと絶望的な音がした。

「桜……？」

どいたアヤセの陰から見えたのは、首をもぎ取られた桜の姿だった。体との繋がりをなくして放り出された頭はバランスを崩して少し転がり、俺のすぐ足元で止まった。

仰向けになった桜の生首と目があった。

あんなに光を感じた瞳はただのガラス玉に変わっていた。引きちぎられた首の断面からは無数に走る血管のようにケーブルが伸びている。

「桜……」

震える手で頭を拾い上げた。桜は何も言ってはくれない。

「桜、応えてくれ！　桜！」

「はっ……。無駄だ。見れば分かるだろ、胴体との接続を断ったんだぞ」

床に残された体に目を向けると頸のボタンが赤く点滅していた。

「なんで！　なんでこんなことするんだ！」

「言っただろ。コレはオレの作品だ。生かすも殺すも決めるのはオレだ」

開いた俺の口が何かを言う前に、体のほうがアヤセの頰を殴っていた。

勢いよく眼鏡は吹っ飛び、バランスを崩したアヤセは頰を押さえてギリギリのところで倒れ込まずに持ち堪えた。

「……何キレてんだよ、馬鹿が」

「馬鹿はお前だ」

馬乗りになって反対側の頰を殴った後、肉のない薄っぺらい腹に全力のパンチを叩き込んだ。アヤセの体がくの字に跳ねて、声にならない声で苦しそうに呻きだした。その様子を見ても罪悪感も満足感も感じていない自分が居て、俺は振るう拳をコントロールしようとすることを早々に放棄した。気の済むまでやればいい。こいつにはそれだけの罪がある。

体をひっくり返してうつ伏せにさせると、逃げられないように背中に乗って髪の毛を掴んだ。そのまま引っ張って頭ごと持ち上げる。アヤセの頭と床に二十センチほど隙間ができた。

「止めろ……」

次に起こることを察したアヤセが漏らした。もちろんそんなもの聞き入れてやる気はない。容赦なく床に叩きつけられて、アヤセの頭はガンともゴンとも似つかない鈍い音をさせた。

「や、やめろ……」アヤセの声はさっきよりもっとか細くなっている。

歯止めが利かなくなった衝動のまま、手あたり次第殴り続けた。何度も何度も頭を打ちつけて、床に血が垂れるようになったら今度は背中やわき腹を蹴った。

今まで一度も誰かを殴ったことなんてなかったのに、やってみるととても簡単で、痛めつけるにはどうすればいいのかなんて迷う必要はなかった。まるでどこかで見てきたみたいにスムーズな動きでアヤセを痛めつけることができた。どこを殴っても肉と骨の確かな手応えが返ってくるのが妙に楽しい。蹴れば俺の足も痛んだし、殴るたびに拳は赤く腫れていったけど全く気にならなかった。

初めのうちは逃げようと抵抗していたアヤセも、段々その気力もなくなって芋虫みたいに横たわっているだけになっていった。頭を抱え込んでうずくまりながら荒い呼吸を繰り返している。動かないとさらに殴り易くなった。

「……なんだ、スタミナ切れか？」

殴られてる合間を縫って血のついた口を開いた。精一杯に笑みまで作って、まだ懲りてないみたいだ。

「うるさい！　桜を！　返せ！」一言ごとにまた拳をのせていく。

追加で十発も殴るとさすがに息があがって一旦手を止めた。

「――だったら自分で直せよ。元に戻せばいいんだろ？　どうせ、お前にできるわけない」アヤセは俺より息も絶え絶えだ。

「黙れ……桜は俺の恋人なんだぞ」

　アヤセの目が丸く開いた。

「恋人……？」

「俺は桜が好きだ。桜にもそう伝えた。それを桜も受け入れてくれた」

「何……言ってんだ？　受け入れた？」

「恋人になってくれた。この数年間、俺たちは恋人だった……！」

「恋人になった？　そりゃそうだ。そういう風に作った。他でもない、このオレが、そう設計したんだ。なんなら今からでもオレが口説いてやろうか？　きっと、オレの恋人にもなるだろうよ」

　こめかみの近くを一発殴って黙らせた。反動でアヤセの顔が大きく左に傾いた。

　苦痛に顔を歪ませた後、空いている袖で顔についた血を拭った。

「これだから頭の弱い奴は嫌いなんだ……。自分が何言ってるのか分かってんのか？」

「分かってたらなんだよ」

「見ただろ。中身は部品とケーブルだらけ。お前の欲を満たす穴なんかないぞ」

「黙れ、俺はそんなこと望んでない！」

「じゃあ何か、裸にさせて毎晩オカズにでもしてるのか」

「するもんか！」

　アヤセの胸倉を持ち上げて床に叩きつけた。

　背骨をうって咳き込みながらも、俺を嘲笑うような歪んだ笑みで見てくる。組み敷かれて顔面血だらけにされているのにまだ強気な目を失っていない。本当にしぶとい奴で嫌になる。

「……お前がそんな異常者になるなんてな」

「もういい……。もう止めだ」

　摑んでいた胸倉を離して体の上からどいてやった。解放されたアヤセは逃げる亀のような体勢で床を這って俺から距離を取った。

「……もう少し現実を見ろ、馬鹿が」

　腹を押さえながら捨て台詞を吐いてリビングから出て行った。足を引きずって廊下を歩く音がして玄関のドアが閉まった。

　アヤセが出て行くと壊れた桜と二人、この家に取り残された。

　もう一度桜の頭を拾い上げた。伸びたケーブルが不揃いに千切れて糸みたいに垂れている。体はテーブルのすぐ横で横たわったままだ。なんの音も反応もしなくなった桜の頭を抱えて膝から崩れ落ちた。

「桜……」

頭を撫でて呼びかけてみてもピクリともしない。本当にただの人形になってしまった。つい数時間前までいつも通り返事をしてくれていたのが嘘みたいだ。俺の腕の中に無惨な姿の桜が居る。

泣くつもりはなかったのに勝手に涙が零れてきた。

何度も何度も、名前を呼んで抱きしめた。もう一度桜の声が聞きたいだけなのに、桜は返事をしてくれない。

そうして桜の頭を抱いたまま、頭を失くした体と一緒に床に座って膝を抱えていた。西日が窓から差してもだんだん外が薄暗くなっていっても、指先一つ動かす力が湧いてこなかった。

夜になって月が出て、泣くことに疲れすぎた頭で周りを見渡した。すぐ傍に桜の体が残っている。このままにしておくわけにはいかないとぼんやり思った。どんな姿になったとしても大切な桜の体をいつまでもこんな風に扱っていいわけがない。

鉛のように重たい体に無理矢理言う事を聞かせて立ち上がった。力が入らなくて少しふらついた拍子に軽く机に足をぶつけた。

目を擦って滲んだ視界をハッキリさせて、抱き抱えるように慎重に桜の体を持ち上げた。頭のほうはアヤセが随分乱暴に扱っていたけど、体のほうは見た目はほとんど無傷なままだ。頭がなくなったからか、最初に運んだ時より少し軽く感じる。これ以上傷一つ付けないように気を付けながらゆっくり桜専用の椅子に座らせた。体勢を保てるようにバランスを整える。引き千切られた所がむき出しになった首はあまりに酷くて見てられないから、前に被らせた俺の帽子で見えないようにしてあげた。正直あまり見栄えはよくなかった。今度桜に似合う綺麗な色の布でも買ったほうがいいかもしれない。

頭はテーブルに柔らかい布を敷いて、その上に支えを置いて立てかけることにした。窓から入る月明かりが当たって、居心地は悪くなさそうだ。

俺から見て右手のテーブルの上には桜の顔。向かいの椅子には桜の体。新しい三人での定位置ができた。これなら毎日桜の顔を見られるし、今日の日のことをいつまでも忘れないで居られる。

「ゆっくり休んで……」開いたままの瞼に手を添えて閉じてさせてあげた。

俺もベッドに入って無理矢理寝ようとしたけれど、隣に桜が居ないベッドに慣れなくて殆ど眠ることができなかった。

次の日は日が昇るのと同時にベッドを抜け出して久しぶりに自分の手でコーヒーを用意した。二人の桜と向きあって座る。カップに口を付ける。桜が淹れてくれていたものと同じ豆を使っているはずなのにどこか味気なく感じた。

コーヒーを置いてこれからのことを考えた。

桜が来てからはずっと、起きてから寝る時まで桜が傍に居た。家に居る時も外に出かける時も桜の存在を感じない日はなかった。こんな風に急に一人にされたら何も分からなくなってしまう。

いつの間にか桜が居る生活に慣れすぎていたみたいだ。桜がこの家に来るまで、何を見て何を感じて過ごしていたのか思い出せない。今日はこの後何をすればいいんだろうか。

そんな状態でまともに活動ができるわけもなく、コーヒーを飲んだだけで何もしないまま寝室に戻って布団にくるまっていることしかできなかった。面白いものでも見れば少しは元気になれるかと思ってスマホを開いたけど、何を見ても笑えないし感じない。何もできないままベッドの中で寝返りをうっているだけで一日が終わっていった。

次の日もその次の日も、同じように終わりの見えない虚無が俺を待っていた。

シーツの上で横たわってただ時計が進んでいくのを見ているだけ。まるで俺のほうが壊れてるみたいだ。風呂にも入らず数日経ってこのままじゃダメだと思い直し、どうにか体を動かした。部屋から出てリビングに行ってみる。そこには相変わらず、二人になった桜が居た。

首のない桜の体と支えを失くした桜の頭。動かない桜たちを眺めていたら一つ決心がついた。

絶対にまた桜を取り戻す。

アヤセには俺に直せるものなら直せばいいと言われた。望み通り、やってやる。どれだけ時間がかかっても構わない。

機械やプログラミング言語の知識なんて昔習ったものが微かに残っているだけだけれど、知らないならまた勉強すればいい話だ。アヤセが蓄えてきた知識には敵わなくても、時間をかければきっとできるはず。これからの俺の時間は全部、そのために使う。

「痛いよな。ごめん。絶対になおすから……」

そう強く心に誓って桜の額にキスをした。


そこからはひたすらに勉強の日々が始まった。

仕事は最低限に抑えて、空いた時間は朝も夜も休日もひたすらロボットの機構やプログラムの知識を増やすことにつぎ込んだ。参考書をいくつも読み漁って、食事中はためになりそうな動画を手当たり次第に視聴した。

やればやるほど分からない事が増えていく事がもどかしかった。どこのパーツをどう繋げて動かしていけばいいのか。その為にはどんなプログラムを作ればいいのか。分からないことを知っていくのは楽しいけれど、そもそも素人が本職の研究者と同じレベルのものを作ろうとすることがどれほど無謀なことか、学べば学ぶほど痛感した。終わりの見えない修行だ。

見たこともない小さな部品について何時間も調べて、ようやくなんのためのパーツなのか理解できたと思ったらまたすぐ壁にぶつかる。人に聞ければ楽なのに、相談にのってくれる人も教えを請える相手もいない。

これまでずっと人との関わりなんて興味なくて、人が居る場所からはとにかく逃げるように生きてきた。それでいいと思ってたのに、今になってこんなに困るとは思わなかった。

時には仕事の依頼も休んで勉強に集中してみたりしながらも、なかなか思うようには進まず時間だけが過ぎていく。正直一年か二年くらい本気を出せばなんとかなると甘くみていた。

その結果、一年本気で勉強して身に付いた知識なんて学生に毛が生えたような基本的なことでしかなくて、桜にまた会える日がどれだけ遠いか思い知った。

ある日、壊れていそうな部品を確認している時にあることに気がついた。拳くらいの大きさの部品の角が欠けて、何かと接続するための突起部分が折れている。これは見るからに使い物にならなそうだ。それがなんの部品なのか調べてみた。

分かったのは、それが桜の記憶を保っておくために必要なものだということだった。桜が受け取った情報を一時的に保持しておく役割と、記憶した情報を引き出してくる役目も担っているらしい。

一瞬とても嫌な予感がした。記憶に関わる中枢が壊れているなら、桜をなおせたとしてもこれまでの記憶を取り戻せるか分からないということだ。なおった桜は桜じゃなくなっているかもしれない。

今までの記憶の保存先が分からないかあちこち調べてみたけれど、無理矢理壊された衝撃で情報は所々クラッシュしていた。おまけに復元しようにもアヤセの癖のあるシステムの構築は読み解くだけでもかなり骨が折れる。無事だった箇所を地道に確認しても成果はなくて、桜に会えるまでの時間が長引くだけだった。

記憶を全て失くしてしまったとしたら、それは俺がもう一度会いたいと思っている桜と同じなんだろうか。もし俺のことを忘れていたら。この家で一緒に過ごした思い出を忘れていたら。その時こそ本当に、桜が居なくなってしまう。

そんな不安を抱えながらも、残っている情報を頼りに一歩ずつ進んでいくしかなかった。

何回も成功と失敗を繰り返しながらやっとの思いで全部の作業を完了させた時には、すでに十数年が過ぎていた。

俺の体はすっかりたるんできたし、毛も皮膚も硬くなって立派に『おじさん』の部類になったけれど、目の前に座らせた桜は何も変わっていない。昔俺が作ってあげた不格好な椅子に座る姿はあの頃のままだ。引き千切られた所以外は体には大きな損傷がなかったお陰で、昔の桜の容姿を保ったままなおせたのは不幸中の幸いだった。

座らせた桜の前に膝をついて見上げた。丁度いい具合に窓から差し込む春の日差しが当たっている。そういえば初めて桜に会った時も日の柔かい春だった。こうしてると昔に戻ったみたいだ。

本当に気が遠くなるほど長い道のりをよく乗り越えてきたと思う。できることは全部やった。後はもう祈るしかない。

「どうか、頼む……」

神様は微笑んでくれるのかどうか。その答えを知るためうなじに手を伸ばした。

◆七◆

「……久しぶり」

軽く手を挙げた俺に向かって、その子はゆったりとした動きで視線を合わせた。

「初めまして。あなたは誰ですか」

「……覚えてない？」

「申し訳ありません。あなたの事が分かりません」

「本当に？　……少しも覚えてないか？」とても嫌な予感がした。

「ワタシのデータには現在どなたも登録されていません」

「待ってくれ。よく探してくれ。どこかに残ってるデータがあるはずだ」

「すみません。仰っている意味が分かりません」

「桜……？」

「あなたは誰ですか？」桜の顔をして、桜の声で、その子は言った。

「桜……」膝に置いた手に力が入った。

俯くと自然に涙が零れた。

桜に会いたい。ただそのためだけだったのに。ずっとずっと、その一つだけを胸にここまできたのに。俺の十数年はなんの意味もなさなかった。

堪えようとすればするほど涙は余計に溢れて、目を閉じても瞼の隙間から止めようもなく流れた。

　嗚咽を漏らして泣く俺を見て、その子は俺と同じ目線になるよう椅子から下りて床の上に正座で座った。

「あなたは誰ですか？」

　顔を上げると俺の様子を見つめる桜の顔と目が合った。十年以上、こうして目が開いているところは見てなかった。大きな黒目がちの瞳。その目を見ているだけでこれまでの桜との日々が頭に蘇ってしまう。懐かしくて、懐かしくて、また涙が溢れてきた。

　桜ではないその子は俺の横で問いかけに対する答えをずっと待っている。できるだけ気持ちを落ち着かせて深呼吸をして答えた。

「俺の名前はキラサギ。君の……」

　続ける言葉に迷った。今の俺は、この子にとってなんなのか。

「──君の、主人だよ」

「マスターですね。承知しました。お顔とお名前を登録します」

「うん……」

　桜と同じ目が一瞬光を帯びて情報を処理している。本当ならもうとっくの昔に終えたはずのやり取りだ。

「登録完了しました。続いてワタシの名前の登録をお願いします」

「そうか、名前……」

桜は当時の思いつきで深く考えずに付けた名前だけど、今ではもう俺の大切なたった一人のための名前だ。目の前のこの子に同じ名前を付ける気にはなれない。

「君は本当に桜じゃないんだよね……」

「名前の登録をどうぞ」その子は無機質に繰り返す。

頬についた水滴を拭ってもう一度考えた。

「分かった。――君は……そうだな。ユリでどうだ」

「かしこまりました。ワタシはユリです。よろしくお願いします」

「……ああ、よろしく」

「ワタシは何をすればよろしいですか」

「適当に家事でもしといてくれ」

「かしこまりました。精一杯頑張ります」

ユリと名付けたその子は丁寧に頭を下げてこの家での新しい二人暮らしが始まった。

ユリは桜に似てよく働いてくれた。桜がしていたみたいに、俺が起きる時間に合わせて朝食の用意をしてくれる。仕事部屋に籠っている時は邪魔をせずに家の中を動き回って掃除や洗濯をしている。桜と同じ見た目で、桜の着ていた服を着て、毎日俺の視界に入った。

ユリとの生活は複雑な心境だった。見た目が同じなぶん、少しでも桜と違う箇所を見つけるとユリが偽物のように思えてしまう。ユリを見るたびに俺の記憶の中に居る桜まで消えてしまうような気がして怖かった。

今目の前の居てくれるのがどうして桜じゃないのかと毎日考えた。いい歳をして聞き分けのない子どもと同じだ。どうしようもないことは分かってるのに心が言うことを聞かない。

一番違いを感じるのは表情だった。明るくてよく表情が変化した桜に比べて、ユリの表情はどこかぎこちない。桜はどんな些細なことでも嬉しそうに目を見て笑ってくれていたけど、ユリにはそれがなかった。俺のプログラミングのせいだろうか。基本的にずっと無表情でそつなく仕事をこなしている。何かのタイミングで何気なく「ありがとう」と言った時に見せたのが唯一の笑顔だった。その笑顔も伏し目がちで、ほんの少し口角をあげる程度の穏やかなものだった。それが嫌いなわけじゃないけれど、桜は絶対にしなかった表情を見るたびに、この子は桜じゃないんだと思い知る。

いっそのことユリを止めてしまおうかとも思ったけれど、桜の面影が邪魔をしてできなかった。

　そのくせ桜の見た目をしたユリとどう接していけばいいのか分からず、仕事部屋に籠って食事の時と用事がある時しか言葉を交わさなくなっていった。部屋を出る時は廊下をユリが通っていないことを確認してから出て、ユリが居る部屋には近づかない。時々何をやってるんだと我に返ることもあった。冷えきった夫婦みたいな距離の置き方だ。ユリが不満を漏らすことも距離を詰めてくることもないのをいいことに、俺はそのままの状態で日々を過ごしていた。

　当面はこのままでいけると思っていた矢先、夕食の後に珍しくユリに声をかけられた。

「キサラギ様、少し宜しいですか？」

　早く仕事部屋に戻ろうとしていた俺は足を止めて振り返った。

「あー……うん、何」

「今日の食事で冷蔵庫の中のものを使い切ってしまいました」

「え？　ああ――」

　言われてみれば暫く買い物にも行くことも忘れていた。

「お任せいただけるのであればワタシが買い物に行ってきます」

「いい、明日自分で行く」

家から離れて一人になれるいい機会だ。

「ワタシもご一緒します」

「え？」

「荷物持ちのお手伝いをします」

「大げさな……一人で持てるよ」

「ですが、かなりの量になると想定されます」

「平気だ」

「ワタシが一緒ではご迷惑ですか？」

「頼むから少し一人にしてくれっ」

思いがけず強い口調が出て一瞬場の空気が止まった。音のしない時間が流れる。

「……荷物持ちが必要な時はちゃんと頼むから」

「分かりました」

踵を返してリビングから出ていく俺にユリはまだ話を続けた。

「キサラギ様はワタシのことがお嫌いですか？」

「え？」

「キサラギ様は意図的にワタシを避けていらっしゃるように見受けられます。こなすべき仕事も殆ど与えられていません。ワタシは役に立つことを望まれてここに居るのではないのでしょうか」

「そんなつもりはない。気のせいだろ」真っ赤な嘘だ。

「では何故ワタシが居る部屋からはすぐに立ち去ろうとされるのですか」

「考えすぎだ」

「教えていただきたいことは他にもあります。ワタシが目覚めた時、キサラギ様はワタシに記憶が残ってないか確認されていました。何についての記憶のことなのですか」

「忘れてくれ、君に話す気はない」

低いテンションで言い放った俺に、ユリがそれ以上質問を重ねてくることはなかった。

次の日、俺一人で雑木林の坂を下りて予定通り何の問題もなく買い出しを終えた。ユリには何も言わずに出てきたけれど、両手に大きな買い物袋を提げて帰った時にはいつもと同じように出迎えてくれた。

「お帰りなさい」

「……これ、後は宜しく」

キッチンに荷物を下ろしただけで逃げるように仕事部屋に入った。しっかりドアを閉めてパソコンの前に座っているとほどなくして規則正しいノックの音がした。

「キサラギ様、少しよろしいですか」扉の向こうから桜と同じ声がする。

「……何」

「お邪魔はしませんのでそのまま聞いてください。ワタシの使命はキサラギ様のお役に立つことです。もし何かワタシに至らないところがあるなら教えてください。可能な限り直します。それでもお気に召さない時は、ワタシを停止させてください」

抑揚の少ない落ち着いた声だった。だけどどうしてか、俺にはドアの向こうに居る存在が泣くのを堪えているように聞こえた。それがユリのことなのか、桜を思い出しているだけなのか自分でもよく分からない。分からないまま椅子から立ち上がって扉を開けた。

部屋から出てきた俺を見てユリは少し頭を下げた。

「すみません。お邪魔はしないつもりでしたが、お手を止めてしまいました」

「……泣いてるかと思った」

「ワタシは涙を流しません」

「ああ、そうか……」

「お話ができてよかったです」

真っすぐ俺を見て薄く笑った。初めてユリの笑顔と目が合った瞬間だった。

確かに桜のような笑顔とは違う。違うけれど、とても優しい笑顔だ。桜とユリは全く別の存在だと納得せざるを得なかった。もうどこにも桜は居ない。戻ってくることもない。俺はいい加減にそれを受け入れなくちゃいけない。

「……ごめん」

「何についての謝罪でしょうか」

「分からないけど……。とにかく嫌な思いさせた」

「気になさらないでください。ワタシに気遣いは不要です」

「それでもきっと言わなくちゃいけない。悪かった」

「謝罪も不要です。ワタシはこれからもキラサギ様のお役に立てるでしょうか」

「もちろん。よろしく頼むよ」

「はい」

「これからはちゃんとするから」

「遠慮せずになんでも仰ってください。きっとお役に立ちます」

ユリの体を引き寄せてゆるく抱きしめた。懐かしい硬い抱き心地と、人とは違う温かさを感じる。ユリが俺を抱きしめ返すことはなかったけど、時々感じる心臓が小さく跳ねている振動が確かに存在を教えてくれていた。

◆八◆

今年はセミが鳴き始めるのが特に早い。

読書を中断して窓の外を見た。

クーラーの効いた室内は太陽の暑さや湿度から俺を快適に守ってくれる。猛暑を言い訳に家から出なくなって何日経つだろうか。

もう若くないんだから仕方ないと、自分に都合のいい言い訳をしてみる。本当の日本の風流とは、灼熱地獄の外を見ながらよく冷えた部屋で熱いコーヒーを飲むことにあるに決まってる。海や花火なんてもってのほかだ。

かなり集中していたのか、気が付いたら大分時間が経っていた。気晴らしの休憩だったつもりが少し時間をかけ過ぎた。本を閉じて背伸びをする。空のカップを手に取って立ち上がったら膝から嫌な音が鳴って老いを感じた。

シンクで軽くカップを洗って、部屋に戻ろうかと思ったら腹が鳴った。そういえば読書に集中していてご飯を食べていない。

「ユリー。ご飯にしないかー」

家に居るはずのユリに向かって声を張った。聞こえていればどこに居たって返事をしてくれるのに、なんの返事も返ってこなかった。

「ユリ?」廊下に顔を出して呼んでも返事がない。

二階に居るのかと思って階段の下からも呼んでみた。

「ユリー？　上に居るのか？」

「ご用ですか」

いきなり背中から返事が返ってきた。驚いて振り返ると、小さな花束を持ってユリが玄関に立っていた。

「びっくりした。どこ行ってたんだ」

「庭とその周辺で花を摘んでいました。ご用はなんでしょうか」

「いや大した用じゃないんだけど……。その花は？」

「今日はキサラギ様のお誕生日ですので、贈り物です。おめでとうございます」

控えめな笑顔で花束を差し出してくれた。それは昔桜が毎年くれていたあの青い花の花だった。

「これ……ブルースター？」

小さく咲いた青い花に目を凝らした。

「はい」

「そうか、今日誕生日か」

「キサラギ様はこの花をご存知なんですね」

「……同じように、毎年誕生日に花をくれていた人が名前を教えてくれた」

「そうでしたか。その方が今年も贈ってくださるのであれば、これは不要でしょうか」

花を引っ込めようとしたユリの手を摑んで止めた。

「大丈夫、もらうよ。わざわざありがとう」潰さないように花束を受け取った。

「はい。お誕生日おめでとうございます」

「昔もらったのもこの花だった。……どうしてこの花を選んだの」

「ワタシが用意できるなかでお誕生日に相応しい物は限られています。この花を選んだのは仕事部屋に合う色合いだからです」

「はは、前の時も同じようなことを言ってたな」

懐かしい桜の笑顔が頭に蘇ってきて少し頰が緩んだ。

「ワタシは何かおかしなことを言いましたか？」

「ううん、なんでもない」

「毎年花をくれた方は、今年はくださらないんですか？」濁りのない目で俺に尋ねた。

「それは……」

手にした花に視線が泳ぐ。

「ワタシは知らないほうがよいことですか」

「聞いてほしい気もするし、ユリには話すべきじゃない気もする」

「無理に話をしていただく必要はありません」

「……ユリにも関わることなんだ」

「ワタシにですか？」

「ユリにとっていい話じゃないかもしれないけどそれでも聞きたい？」

「ワタシは問題ありません」

「分かった。少し座って話そう」

　花は瓶に入れ替えて仕事部屋に置いた。リビングの机にユリと二人で向かい合って座った。いざこうして場が整えられると本当に話していいのか迷った。ユリを必要としていたわけじゃないことを伝えることになる。何度か口を開きかけてまた閉じる。手を組んだり解いたりする俺を見てユリの方が先に言葉を発した。

「コーヒーを淹れますか？」

「大丈夫。――俺には桜っていう恋人が居た」

　話を始めてみたけれど、あまり上手くない切り出し方だと自分で思った。

「サクラさんですか？」

「知らないだろうけど、桜はもう一人のユリなんだ」

「すみません。仰っている意味が分かりません」ユリは当たり前の反応をした。

「桜は人じゃなかったんだ。……ユリと同じ、機械だ」

桜やユリを機械だと言うことにも、桜を過去形で話すことにも未だに少し慣れない。

「サクラさんが何故もう一人のワタシなんですか？」

「桜は俺の知り合いに連れられてこの家に来たアンドロイドだった。そいつは研究者で、昔から人にそっくりなアンドロイドを作ることに異常な情熱を燃やしてた。誰にでも偉そうにする奴だけど、言うだけあって桜の出来栄えは凄かったんだ。それをあいつはもっと性能のいいものが開発できるとかなんとか言って俺に譲ってきた。それでこの家で一緒に暮らし始めたんだ。最初は扱い方もよく分からなくて便利な機械くらいにしか思ってなかったけど、桜があんまりいい子でね。明るくて笑顔がびっくりするぐらい綺麗で、いつも傍に居てくれてさ。人じゃないとか、全部プログラムされた行動だとかどうでもよくて、俺は桜を好きになった」

「機械のサクラさんを、ですか？」

「おかしいか？　あいつにも散々言われたさ、頭がおかしいってね。今でも時々考えるんだ。誰がなんと言おうと本当に好きだったし、人じゃないと分かってても後悔なんてしたことなかった。それの何がいけなかったんだ。人が人を好きになる。俺が桜を好きになる。同じことじゃないか。ねえユリ、そこになんの違いがあるんだと思う？」

「ワタシは人ではありませんので人の感情は正確には分かりません。ですが、どちらも好意であることに変わりはないように思います」

「……そうなのかもな。けど世間はそうは思ってくれない。変な話だよ、心のないはずの君のほうが人間よりずっと道徳的だ」

「サクラさんは今どうされているんですか？」

「桜は壊れた。十年以上も前に」

「壊れたとはどういう意味ですか？」

「そのままの意味だよ。桜を連れてきた本人の手で、首と胴を引き千切られた」

「何故ですか」

「俺とそいつの問題だ。くだらないケンカだよ。桜は何も悪くない。俺のことをそいつはイカレてるって言ったし、そいつにとって大事なことを俺は分かってなかった。そのしわ寄せが桜にいったんだ」

「修復はしなかったのですか」

「もちろんした。俺が一人で、十年以上かけて。時間がかかったし途方もなかったけど、どうにかもう一度目覚めさせることはできたんだ。でも桜は帰ってこなかった。その代わりに目を覚ましたのが君だ」

「ワタシですか？」

「そう。頑張ってみたけど、桜の記憶は元に戻せなかった。目覚めた君は全部忘れていた」

「それはつまり、この体がサクラさんだということでしょうか」

「色々なおしたから全部じゃないけれど。見た目は一緒だ」

「キサラギ様はサクラさんに会おうとしたのですね」

「そうだね」

「今でもサクラさんに会いたいですか？」

「会えるなら会いたいさ。そのために頑張ってたんだ」

「分かりました。でしたらワタシがサクラさんの代わりになります」

「え？」

「サクラさんに関することを教えていただければ、それに基づいて行動や発言を調整できます」

「何言ってるんだ」

「そのほうがキラサギ様はより喜ばれるのではないですか」

「そんなの必要ない」

「何故でしょうか。見た目はサクラさんと同じだというお話でした。それならば、サクラさんの行動パターンを教えていただく事で、当時のサクラさんを再現できると思われます」

「止めてくれ。確かに桜には会いたい。でも桜を完璧に再現できたとしても、今度は君が居なくなるじゃないか。俺はもう誰も居なくなって欲しくない。人でも人じゃなくても、大切な誰かの代わりになれる存在なんて居ないんだ」

「本当にいいんですか？」

「いいんだ」

「分かりました。もう一つ伺ってもいいですか」

「何？」

「ワタシが着ているこの服も、元はサクラさんの物だったんでしょうか」軽く服の裾を摘んだ。

「そうだよ。全部俺が桜に買った。来た時桜は裸だったから。あいつはただ単純に誰にも真似できない、自分だけの傑作を作りたかったんだ。外側を飾るなんてことはきっとあいつには無駄だったんだと思う」

「これはワタシが着ていていいものですか」

「せっかく買ったんだ。着てくれると嬉しい」

「分かりました。サクラさんを作った方とはその後、仲直りをされたんですか」

「まさか。それっきり連絡もしてない。ああ、けどいつだったかニュースでチラッと見たな。国内初の技術を取り入れたアンドロイドが開発されたって。なんだか偉そうに喋ってたよ。あいつの顔を見たのはそれが最後かな」

「とても優秀な方なんですね」

「昔から頭は良かった。研究に自分の全てをかけてるような奴だったからな。あいつだったら上手く桜をなおせたかもしれない。俺はそこまで才能がなかったから思うようにいかなかったけど……。でもこうしてユリが居てくれれば時々桜を思い出すこともできる。ありがとう」

　口元に力を入れて意識的に笑顔を作った。桜のように上手にできなくても、せめて引きつってないことを願った。

「サクラさんの記憶はなくなったかもしれませんが、完全に居なくなったわけではないかもしれません」

「え？」

「先日キッチンを整理している時にこれを見つけました」

　ユリはキッチンの引き出しから古びたノートを一冊取り出してきた。黄ばんで端のほうがボロボロになっている。

「それは？」

「棚の隙間に落ちていました。キラサギ様の筆跡ではありませんが、キサラギ様の名前が書いてあります」

「俺の？」

「どうぞ」

　ノートを受け取って表紙を捲った。中には印刷物のように整った字でたくさんのレシピが書かれている。どれも桜が俺に作ってくれたことのあるものばかりだ。

「これ……」

「憶測ですが、これはサクラさんが書かれたのではないですか」

「でも……わざわざ書かなくても桜は全部覚えてた」

「恐らくこれはキサラギ様のために書かれたものではないでしょうか」

「どうして」

「レシピと一緒にキサラギ様に宛てたメモ書きがありました。『お野菜も食べてくださいね』と」

「別に、残したことなんてないぞ」

「このノートも着させていただいている服も、サクラさんを思い出すきっかけになるはずです。他にもこの家にサクラさんの痕跡が沢山残っているかもしれません」

　開いたノートは本当に見やすくまとめられている。そこに並んだ整いすぎた文字に視線を落とした。

「そう、なのかもな」

「ワタシの考えは間違っていましたか」

「いや、そんなことないよ。ありがとう」

「お役に立てたのなら何よりです」

ユリが席を立ってキッチンに向かった。

「何か作るの？」

「今日はお誕生日ですから、キサラギ様のお好きなものを作ります」

「俺の好きなもの？」

「そのノートに書いてありました。美味しく作れるよう頑張ります」

そう言って手際よく調理を始めた。待つこと数十分。漂ってくる匂いでだんだん何を作っているか予想がついてきた。さらに少ししてユリが持ってきたのは懐かしい匂いのロールキャベツだった。真っ赤なスープの入ったお皿が目の前に置かれる。

「お待たせしました」

「これ、懐かしいな。いただきます」

スプーンでキャベツと肉とスープを一緒に口に運ぶ。

「お味はいかがですか」

「……うん、美味しい。昔と同じ味だ」

「よかったです。サクラさんの残してくれたノートのお陰です」

「そうだね。感謝しないとな」

「はい」

食べながらその日はユリにたくさん桜の話をした。桜を思い出すことはもっと辛いことだと勝手に思っていたけれど、どんな小さな話も真面目に聞いてくれるユリと作ってくれた温かい料理のお陰で、幸せだった日々を懐しく思うことができた。

## ◆九◆

「これで終わりだ。変なところはない？」

ベッドに仰向けになったユリが俺に視線を合わせた。

「ありがとうございます。不調はありません」体にかけられたタオルを押さえながら体を起こした。

畳んで脇に置かれた服に手を伸ばす。後ろを向いて服を着ようとする裸の背中も随分見慣れてきた。

桜にはしてあげられていなかった反省を活かして、ユリは小まめにメンテナンスをしてあげるようにしている。その甲斐あってユリは今まで目立った不調にもならずにすんでいる。メンテナンスは週に一度、金曜日の夜にするとユリと決めた。寝室のベッドで裸で横になってもらってチェックをしていく。最初は気まずさも覚えたけど今はもうユリの裸を見ても動揺することはなくなった。桜が運ばれてきた時に狼狽えていたのが懐かしい。

背中や胴体の必要な箇所を開けて、中の部品の状態を確認しながら弛んだパーツを締め直したり古くなっているものは交換してまた閉じる。時々はケーブルを繋いで自分で構築したプログラミングを見直したりもする。そうやって俺の手で整えてあげることでユリを大事にできている実感が湧いた。

ユリに桜のことを話してから、桜との思い出を話すことが多くなった。桜がこの家に来た時の様子や普段どんな風に過ごしていたか。なんのオチも面白味もない話だけれど、今まで誰にも話してこなかったことを聞いて欲しかった。会社の上司がやたら昔話をしたがったり、孫に若かった頃の武勇伝を聞かせたがる年寄りと同じ感覚なのかもしれない。皮肉なことに俺の年齢も若めのおじいちゃんで通じるくらいになってしまった。ユリと暮らし始めてからも随分と経つ。時間が流れるのは本当にあっという間だ。

今日のチェックも何も問題ない。使った道具を片付けている途中でユリの着替えが終わった。片付けの手を止めて振り返る。

「服が着れたらこっちにおいで。髪も梳いてあげる」

「はい。お願いします」

俺の傍まで移動してベッドに座った。

横の引き出しからブラシを取り出してユリの髪を梳かした。どこにも絡まりなんてないから長い髪でもすんなり手が進んでいく。俺の手の動きに合わせてユリの頭が上下に揺れた。

「痛くはない？」

「大丈夫です」

「よかった。あまり慣れてないから」髪はすぐに梳かし終わって優しくユリの頭を撫でた。

昔より硬くなってカサついてしまった俺の手で触るのがもったいないなくなるくらい滑らかな黒髪だ。

「サクラさんにはされなかったんですか」

撫でられながら俺を見上げてきた。

「桜の時はほとんどできなかったな。もっとしてあげれば良かったと思う。手入れをするなんて考えもなかったし俺もまだ若くて、ただでさえ桜を好きだったから。あんまり無闇に触るのも気が引けてね」

「そうでしたか。ワタシも一度サクラさんを見てみたいです。写真は残っていますか？」

「写真？　一枚くらいは撮ってたと思うけど……」

「見ても構いませんか」

「いいけど、ユリと同じだよ」

「はい。それは理解していますが、見てみたいです」

「分かった、ちょっと探してみる」

ズボンのポケットからスマホを取り出して写真フォルダを遡った。少しスクロールするだけでかなり昔まで遡ることができる。百枚ちょっとしかない写真フォルダの中に一枚だけ人物を大きく撮っている写真を見つけた。

「あった。これだ」

　何年前かは覚えてないけど、雨が降った日に庭で撮った写真だ。綺麗に晴れていたのに急に小雨が降ってきて、珍しいお天気雨になった日だった。桜が外で直接見たいと言い出して、仕方ないからビニール傘を渡して二人で雨を見ていたことがあった。俺には湿気が鬱陶しいだけだったけど、桜は安物の傘を差して面白そうに空を見上げていた。その時になんとなくシャッターを押したもので、半透明の傘の隙間から覗く桜の横顔が嬉しそうなのがよく分かる。

「本当にワタシと同じ見た目です」ユリは俺が見せた写真をじっくり眺めた。

「なおす時、見た目はあまり弄らないようにしたから」

「これは何をしている写真でしょうか」

「いつだったか、お天気雨を見てるところ」

「お天気雨ですか」

「晴れてるのに雨が降ること。本で読んで理屈は知っていても見るのは初めてみたいで。凄く楽しそうに雨を見てた」

「本当に楽しそうな顔をされていますね」

「そうだね。桜は大体なんでも楽しそうだったけど」

「ワタシもこんな風に笑えるのでしょうか」

両手で自分の頰を引き上げようとした。精一杯口角を上げてみるけど、どこか硬さが抜けない笑顔が出来上がった。確かに笑顔ではあるのに、桜のような笑顔には程遠い。

「……おしい。もう少し、かな」

「そうですか」

頰を押さえていた両手が下がった。

「悪いな。もっと自然な表情を作れるようにしてあげてたら」

「いいえ。キサラギ様がワタシの表情を不快に思わないのであれば問題ありません」

「欲を言えば、ころころ表情が変わるところも見てみたいけどね」

「申し訳ありません。ワタシの体ではご希望に沿うことができません」

「いいよ俺のせいだから。いつか手直しができたらしようか」

「ですがそうなった場合、サクラさんとワタシの見分けがより難しくなりそうです」

「さすがに分かると思うけど……。その時は何か考えよう」

「はい」

今度は自然に微笑んだ。柔かく目を細めたとてもユリらしい表情を見せられて、たとえ手を加えられる機会があったとしても、俺はその表情を変えてしまうようなことはしないと心に決めた。

ユリと暮らしていて、一つ考えることがあった。桜には新しい服を買ってあげて椅子も作った。けどユリには何もまだ買ってあげたことがない。服だって十何年も前の桜のお下がりのままだ。こんなに毎日頑張ってくれているユリにも何かプレゼントを買ってあげたかった。

ただ、そうはいっても何をあげればいいのか見当がつかない。ユリが暮らしていくうえで最低限必要なものはもう揃っている。当然、ユリ自身も何かを欲しがるようなことはない。あれこれ考えてネットでも調べてみたけれどピンとくる物はなくて、直接店に行って丁度いい物を探してみることにした。もちろんエリには内緒だ。

決行は暑くも寒くもなく、太陽のきつすぎない薄曇りの日に決めた。

ユリが居ないことを確認しながら廊下を歩いて玄関に向かう。途中で床板が大きく鳴っても運よく見つかることはなかった。土間に屈んで靴を履いているところでふいに後ろから声をかけられた。

「どこかへお出かけですか」振り向いたらいつの間にかユリが後ろに立って居た。

「ああ……うん。ちょっと」

「ご一緒します」隣にやって来て靴を履こうと腰を落とす。

「いや、いいよ」

ユリの手が止まった。「ワタシは不要ですか?」

「そういうわけじゃないけど、今日は一人で用事があるんだ」

「分かりました。では、お帰りを待っています」

「留守番頼むよ」

「はい、行ってらっしゃい」

「行ってきます」

礼儀正しく両手を揃えて腰を折るユリに見送られて家を出た。外は穏やかな天気だ。綿を千切ったような雲の隙間から青空が少し覗いている。

プレゼントを買うという目的はあっても行先は決めずに家を出てきた。木陰の道を歩きながら何処へ行こうかと考えながらいつも通り駅の方面に行ってみることにした。

駅ビルに入って立ち並ぶ店を横目で眺めながら歩いて回る。洋服が沢山あるなかに、アクセサリーや食器、輸入雑貨を扱っている店もある。どの店も若い世代の子が好きそうな物を取り揃えていて悪くないけどなんとなく足が止まらない。一階から順番にフロアーを見て回りながら上の階へ上がっていった。

四階まで上がった時気になるものを見つけた。全体的に落ち着いた年齢層の高い店が並ぶなか、見ただけで下の階より高級そうなのが分かる店があった。白を基調にした店内で強めの照明がガラスケースとアクセサリーを照らしている。中では一組のカップルが真剣に何かを選んでいる最中だった。

近くのケースの中で、沢山の指輪が明るい光を反射して煌めいている。そういえばアクセサリーの類は桜にもプレゼントしたことはなかった。好きな人に指輪をプレゼントするなんて洒落た発想が昔の俺にあったわけもない。

これなら失敗したとしても大きく目立つことはないし、ユリが気にしていた二人の区別もつき易くなっていいかもしれない。ユリとは長く一緒に居られるように、お守りにもなりそうだ。

足が自然と指輪のケースに近づいた。色も形も、全部微妙に違う指輪がいくつも飾られている。下の階で目にしていたものと桁が一つも二つも違う値段に目が釘付けになった。

「いらっしゃいませ。何かお探しですか？」

黒のジャケットを着たお姉さんに声をかけられた。シャツのボタンを一番上まで留めて、プロ意識を感じる笑顔を浮かべている。

「あの………指輪、プレゼント用に探してるんですけど」

「お手伝いさせていただきます。どれか気になる物はございますか」

「……すみません。全然分からなくて」こういうことに慣れていない自分が少し恥ずかしい。

「いいえ。今幅広い女性の方に人気なのはこちらのデザインです」

お姉さんがケースに手を入れて指輪を一つ取り出した。静かに台に置かれた指輪は少しうねっている波のような曲線の多いデザインの銀色で、真ん中には塵と間違えそうなほど小さいダイヤがついていた。俺がもう少し老眼になったら見えなくなってしまいそうだ。

「へえ、これが――」

俺のリアクションが良くないことを感じとったのか、お姉さんはすぐ別の物を取り出してくれた。

「幅の広いデザインがお好みでしたら、こちらも人気です」

今度はさっきより俺にも見えやすい物が出てきた。輪っかの部分に花びらや蔦みたいな模様のデザインが彫られている。落ち着いた感じが付けやすそうだ。流行りのデザインはよく分からないけど、よさそうだからこれに決めた。

「じゃあ、これにします。これください」

「宜しいですか？　他もご覧いただけますが」

「これで大丈夫です」

「かしこまりました」

その後サイズを訊かれてユリの指のサイズが分からないことに気が付いた。指で丸を作ってなんとかユリの指を再現しようとしている俺を見かねた店員さんが、「後からサイズのお直しもできますから」と声をかけてくれて、恥ずかしい思いをしながらもなんとか指輪を買うことができた。

「ありがとうございました」

深々とお辞儀をされながら店を出た。ふらっとやって来て指輪のサイズも知らない俺に最後まで嫌な顔もせず、親身に対応してくれたいいお店だった。

右手には指輪が入った手提げが揺れている。かなりしっかりした持ち手のわりにすぐ何処かに置き忘れてしまいそうなほど小ぶりな袋で、こんな小さい中に何万もする指輪が入っているなんて心許ない気がした。途中で不安になって何度も袋の中を確認しながら帰り道を急いだ。

家に着くとユリは丁度庭に出て、花の手入れをしているところだった。しゃがんで作業をする背中に声をかける。

「ただいま」

「お帰りなさい」

振り返って俺に気が付いたユリは作業の手を止めて小走りでやって来た。軍手をして、手にはビニール袋を持っている。特に花を植えようとしているわけではないけど、毎回どこからか種が運ばれてきて勝手に季節ごとの花が咲くからいつもユリが世話をしてくれている。

「何してたの」

「雑草が増えてきたので抜いていました」

「へえ……」

「ご用事は無事終わりましたか？」

「ああ、ちゃんと買えた」

「何を買われたんですか？」

「これだよ」

手に持った手提げ袋を軽く持ち上げた。

「その袋を買われたんですか？」

「違う、違う。買ったのは中身」

袋の中に手を伸ばして指輪の入ってる箱を取り出した。グレーの四角い箱で、表面はしっとりした感触で凄く触り心地がいい。上下に開くように金色の金具が付いている。ユリは目を凝らしてその箱を観察した。

「箱です」

「うん。中にはいい物が入ってる」

「何が入ってるんでしょうか」

「指輪。分かるかな」

「指に付ける装飾品です。結婚の際にも使われます」

「そうだ」

「キサラギ様は婚約されたのですか？」

「違うよ。これは君の。買ってきたんだ」

蓋を開けて中の指輪を見せた。どんな反応をするのか分からなくて緊張した。ユリは無表情で指輪を数秒眺めた。

「どうかな……」

「ワタシはどなたと婚約するのでしょうか」

「あはは っ」あまりに真面目な顔で言うもんだから、張っていた糸が切れて笑ってしまった。

「面白いでしょうか」

「悪い、悪い。――人同士でも婚約するのは簡単なことじゃない。ユリが結婚するなら、俺がお祝いしないとな」

「違いましたか？　では、どういった意味でしょうか」

「ユリへのプレゼントだよ。前に言ってただろ。桜との区別がつかなくなったら困るんじゃないかって。見た目で少しでも違うところがあればいいんじゃないかと思ってさ。アクセサリーでもすれば話が早い。指輪にしたのは……ついでに一つ約束したくて」

「はい、なんでしょうか」

「これからもずっと、一緒に居てくれないか」

「承知しました。それは婚約とは違うんですか？」

「婚約とか結婚とか形はどうでもいい。一緒に居てくれれば。この先俺はどんどん年老いていつか死ぬ。それがいつになるかは分からないけど、その時になるまで傍に居てくれ」

「はい」

「ありがとう」

下から掬うようにユリの手を取って土まみれの軍手を外した。ユリの手は昔の桜と同じように細く滑らかだ。手の甲を親指でなぞって傷一つないことを確認して、箱から取り出した指輪をユリの薬指に通した。指のサイズが分からなくてあんなに適当に決めて買ってきたのに、意外にもぴったりユリの指に収まってくれた。

「ありがとうございます。サクラさんの分までお役に立てるよう努力します」

俺を見上げたユリが言った。返事の代わりに体を引き寄せて抱きしめた。

「キサラギ様。土がついてしまいます」

「ごめん、俺がいつまでも桜の話をするから……」

「服が汚れてしまいます」

「桜は桜だし、ユリはユリだ。桜の分まで、なんて気にしなくていい」

「お気遣いありがとうございます」腕の中で少し窮屈そうにしながら微笑んだ。

間近で見たユリの笑顔はやっぱり桜とは雰囲気が違った。それを悲しく思うこともあったけど、今はユリがユリでよかったと思う。

少しの間ユリを抱いたまま黙っていた。何も言わなくてもユリの体温と小さな鼓動を感じていることが幸せだった。ユリも黙って大人しくしてくれている。どれくらいそうしていたのか、どちらからともなく体を離して、手を引いて家の中に入った。

◆十◆

遅めの昼食を食べている途中でインターホンが鳴った。ご飯を口に運ぶ手を止めて玄関の方向に目線をやる。

「――何を頼んだかな」

「ワタシが対応します」向かいに座っていたユリが立ち上がった。

玄関で少しだけ何かを喋ってる声が聞こえて、すぐに段ボールを抱えて戻ってきた。

「日用品の定期便でした」

「後で片付け頼むよ」

「はい」

「配達はいつもの人かな」

「はい。いつもどうも、と挨拶していただきました」

「あまり覚えられると困るんだが――。今度から外に置いておいてもらえるよう頼もうか」

「はい」

シワの増えた手で箸を置いた。

「ご馳走様」空になった食器を前に手を合わせる。

「お下げします」

白いが腕が伸びて空になった食器を手に取った。お皿を持ち上げる一瞬、ユリの指輪が反射した光が目に入った。汚れの一つもなかった指輪は渡した時よりかなり黒ずんで、反射する光も鈍い輝きになっている。

「黒くなったね。また指輪磨こうか」

「ありがとうございます」

「なんてことはない。あげた人間の役目だよ」

椅子にもたれ掛かってキッチンで洗い物をするユリの姿を眺めた。

この膝が痛むようになってきてすっかり白髪に変わってしまっても、何不自由なく過ごせているのはユリのお陰だ。こうしてユリが変わらず傍で手助けをしてくれているから問題なく暮らせている。もし桜やユリに出会わず未だに一人で暮らしていたとしたら、きっと動かす度に痛む関節を抱えながら買い物にも苦労して困り果てていたに違いない。自由の利かなくなった体で一人で全てをこなすのは至難の業だ。高齢になった親が自分の子どもと同居したがる理屈が身に染みて分かる。

ユリのお陰でとても快適な生活だけど、年数が経つにつれて不便なことも出てきた。ユリが行ってくれるからといって買い出しを全て任せていたら、行く先々の店でユリの存在が目立つようになってしまった。さすがに長年同じ場所に通っているとユリの顔を覚える店員も出てくる。そのユリが何年経っても一向に見た目が老けないことが、『若さ』に関心のある女性陣の目に留まってしまった。

最初は遠巻きに見られているだけだったけど、そのうちひと際人懐こくて好奇心の強い店員を筆頭に挨拶や声をかけられることが増えていった。それでもユリは上手に躱していたけれど、そのうち十年近くも見た目の変わらないユリに対する視線が変わっていったらしい。ある日買い物から帰ってきたユリから「どうやらワタシは皆さんによく思われていないようです」と報告を受けた時は血の気が引いた。

人は、特に女性は、若く居ることを羨ましく思うものだと思っていたけどそれも限度があるらしい。昔の桜を見かけたことのある人からすれば、二十年以上同じ見た目のまま店に来る客が居るわけだ。ユリが言うには、ユリを見た店員が青ざめてどこかに行ってしまうこともよくあったそうだ。

あまりに老いない存在は気味悪がられるのだと、この時初めて知った。

それからはユリに買い物に行ってもらうのは控えて、できるだけ配達を利用するようになった。それはそれで便利だけれど、配達の人と顔馴染みになってしまうのも困りものだ。

もっと問題なのは自分の老化のほうだ。分かってはいたことだけれど、年々ユリとの差が開いていく。

なかでも物忘れがひどかった。何度聞いても大切な予定を忘れてしまう。どこに何を置いたかをすぐに忘れる。同じ話を何度も繰り返す。そしてそれらは、ユリに指摘されるまで自分ではほとんど自覚がなかった。

病院で検診を受けたら加齢によるもので、進行を多少遅らせることはできても完治はできないと言われた。医者によるとこの先、新しい記憶からどんどん忘れていくらしい。

体が動かしにくくなるくらいならまだしも、日常の覚えておかなくちゃいけないことすらまともに頭に残らないのには困った。所々の記憶が抜け落ちて、まるで虫に喰われたみたいに記憶に穴が開く。驚くほどの速さで記憶が零れ落ちているのに、自分ではそれを気が付けないのが歯がゆい。

一分前の会話も思い出せなくなるのには二年もかからなかった。人がダメになっていく時はあっという間だ。そんな状態で生活が不便だと漏らすと、ユリがどんな些細なこともノートに書き留めてくれるようになった。桜の残していたノートの真似だそうだ。

日々のなんでもないことでノートがユリの綺麗な字で毎日びっしり埋まっていく。全部の行が隙間なく黒く埋め尽くされているのを見ると、自分が確かに生きていたんだと証明されているみたいで安心した。

その日自分が何をしていたか細かく書いてくれているのに、一日の終わりに見返してみると身に覚えのないことが半分以上あるような日々だ。

気がついたらさっき居た部屋と違う場所に立っていたり、ご飯を食べようとリビングに行くと食べ終わった食器がシンクに残っていたりする。自分の中に空白の時間があるということが、こんなにも不安で底の見えない恐ろしさがあるなんて知らなかった。誰かが記憶を抜き取っているんだと言われたほうがまだ納得できたかもしれない。

急速に変わっていく私に反比例してユリは前にもまして縦横無尽に家の中を行き来して不自由がないように生活を整えてくれた。

少しでも健康にいいように、天気のいい日はユリと一緒に家の周りを散策したりもした。調子がいい日はできるだけ体を動かして脳に刺激を与えていたほうが症状の進行も遅らせることができそうな気がした。とっくに仕事も辞めていて、時間と衰えていく体を持て余している身には丁度いい。

歳をとってから以前より木々や空や花が移り変わっていく季節の風景を趣深いと楽しめるようになったのはいいことだった。

ついこの間まではセミが五月蠅く鳴いて葉の色も深く濃かったはずなのに、今はもう緑の色も薄まって所々に秋の花が顔を覗かせている。家の前の道には雑木林の落ち葉が重なっていて、それを踏みしめる音を聞くのも楽しみの一つだ。

昔はモミジだけを植えて視界が赤一色で染まる景色の方が綺麗だと思っていたけれ

ど、こうして見てみると色んな種類の植物の色が混ざり合っているほうが絵画みたいな色合いで美しいとも思う。

その日もユリと一緒に雑木林の中に入り、植物に囲まれて雑談しながら歩いていた。喋ることに集中して足元への注意が疎かになった結果、踏み出した足元に盛り上がった木の根っこがあることに気付かず足を取られてしまった。右足が前に出せないと思った瞬間にはもう体は手遅れなほど傾いていて、転ぶことが分かっているのに体は全く言うことを聞いてくれず、手をつくこともできないまま膝から崩れるように地面に倒れてしまった。

「大丈夫ですかっ」ユリがすぐ後ろから駆け寄ってきて手を貸してくれた。立ち上がりやすいように脇の下に腕を通して支えてくれる。

「ああ、平気だ、すまない。大丈夫。膝を打っただけだよ。この歳になると受け身も取れなくなるな」

私が問題なく一人で立てることを確認すると、足元にしゃがんでズボンについた土を払ってくれた。

「お声がけするべきでした。すみません」

「気にしないでくれ」

「次回は前もってお声がけします」

「ありがとう」

「痛むところはありませんか」

「少し膝を打ったけど……きっと大丈夫だ」

「今日は一度戻られたほうがいいのではないですか」

「そこまでじゃないよ」その場で小さく足踏みをして見せた。

「骨を痛めているかもしれません」

「心配しすぎだよ。でもまあ……そう言うなら帰ろうか」

「はい」

転ばないようユリに手を引かれながら、行きよりも慎重な足取りで道を戻った。太陽から受ける光も暖かさも夏よりかなり和らいで過ごしやすくなっている。本当に、帰ってしまうのが勿体無いくらい絶好の散歩日和だ。

「——明日はゆっくり散歩ができるといいな」

「予報では明日から数日雨が降るようです」

「そうか……。だいぶ葉も落ちてしまうだろうな。こんなに色とりどりで綺麗なのに」

「少し遠まわりをして帰りますか？」

「それがいい」

いつもとは違う方向に曲がって、慣れない道を辿りながら時間をかけて家まで歩いた。

無事に家に着いて、玄関の前でユリが体に添えてくれていた手を離した。

「鍵を開けます。お待ちください」鞄を開けて中を探す。

鞄を覗くユリの横顔を見ている時に突然、ふと、我に返る感覚がした。


「……ユリ?」

「はい」

「私は今何をしていたのかな。……これから出かけるところかな?」

長い昼寝から目が覚めた気分だ。

今がいつで、自分が何をしているのか思い出せない。

ユリと二人で玄関先に立っているし、見下ろすと何故かズボンと手にはうっすら土が付いている。両膝に鈍い違和感があって全身が少し疲れている。それは分かるけど、ここに至るまでの過程が頭からすっぽり抜け落ちている。

「今散策から帰ってきたところです。キサラギ様」

「そうか……迷惑をかけてないといいんだが」

「大丈夫です」

「中に入ればいいのかな？」

「はい。途中で転んで膝を打ちつけていらっしゃいますので、手当てをします」

「分かった」

やかましい音の鳴る古びた玄関を開けてもらって見慣れた我が家の敷居を跨いだ。

「キサラギ様。靴を脱ぎましょう」

「あ、ああ……」

靴を脱ごうとして屈んだら体のバランスが崩れて倒れそうになった。

「待ってください。ワタシがやります。立っていていただけますか」

「頼むよ」

屈んで靴を緩めてくれた。つむじが真上から見下ろせる。ユリの慣れた手つきを見ていたら手に覚えのない指輪を嵌めているのに気がついた。

「その指輪、どうしたんだい」ユリが自分で買ってくるわけはないし、他の人から貰うこともないはずだ。

「これは昔キサラギ様に頂いた物です」

「私が、あげた？」

「はい。こうすれば見た目でワタシとサクラさんの見分けがつくと仰っていました」

「そんなことしなくても間違えない」

「この指輪を頂く時に最期までワタシが傍に居ることも約束しました」

「そんな上等な指輪を、本当に私が？」

「はい」

「……嫌になるな。思い出せない。指輪を渡すなんて、そんな大事なこと」

「何年も前の話です。無理もありません。気になさらないでください」

ユリはそう言って優しく微笑んだ。きっと私が傷つかないように配慮してくれている。昨日のことだろうと何年前の事だろうと同じように容赦なく忘れていくせいで、誰かに気を遣われていると感じる瞬間は自分がひどく情けなく感じる。

「靴が脱げました。寝室へ行きましょう」

「ありがとう」

軋む膝を庇いながら段差を上がりそのまま寝室へ向かった。ベッドに腰かけようとした時、両膝に鈍い痛みが走って小さく声が漏れた。

「飲み物と手当てできるものをご用意します。少しお待ちください」

「ああ」

私をベッドに落ち着かせるとユリは寝室から出て行った。ズボンの裾を捲って膝を覗き込んだ。左足の皮が若干擦り剝けている。さっきユリが言っていた転んだというのはどうやら本当らしい。知らないうちに怪我をしてるというのも妙な話だ。

裾を直してベッドから窓の外を見上げた。

秋らしく空が高くて澄んだ青色が広がっている。流れる雲を見ながら自分の記憶はいったいいつまで、どこまで脳に留まって居られるんだろうかとぼんやり考えた。

ずっと一人で暮らしてきたけれど、そろそろ限界かもしれない。

そんな感傷の途中、誰も居ないはずの家の中で廊下からドアがノックされた。


「お待たせしました、キサラギ様」

扉を開けて部屋に入ってきたのは見ず知らずの若い女性だった。手にはカップを載せたトレーと救急箱を持っている。

どう見ても二回り以上年下でしかも容姿の整った女性が当たり前のように私の名前を呼んで、この家の物を自由に使っている。状況が理解できずに頭の中が疑問符だらけになった。

ベッド脇の低いテーブルにトレーを置いて用意をしているその人をよく観察した。近くで見るとなんとなく肌の質感や瞳の輝きに少し違和感があった。体の中から何かの機械音がしているのが聞こえてくる。驚いた。生きた人間じゃないらしい。

余計に頭が混乱した。人そっくりな何かが家に居て、しかも丁寧に世話を焼かれている。一体何があってそんなことになっているのか全く分からない。

「コーヒーです、どうぞ」

湯気の立つカップを差し出す顔をまじまじと見つめた。透明感のある肌にまっすぐこちらを見つめる瞳。時々響く機械音。この奇妙な存在に繋がる記憶を必死に探った。

「キサラギ様？　どうされましたか」

数秒その目を見ていたら唐突に全ての回路が繋がった。この子が見覚えのない存在なわけがない。こんなに大切な存在をたとえ一瞬でも忘れてしまったなんて、自分で自分に驚きだ。

医者の言う通り、どうやら本格的に記憶がダメになってきているらしい。今からこんな調子じゃこの先どうなってしまうのか不安で仕方がない。

とりあえず今はまだ、か細い記憶の糸が繋がっていることに安堵した。

そして呼びかけられた声に応えた。『きちんと覚えているよ』と伝えるために、できるだけの親しみをこめた笑顔で。

呼び慣れた名前を呼んだ。

「やあ。久しぶりだね。桜」

## ◆エピローグ・ふたり◆

「……おう」

「こんにちは。どうぞお入りください」

「調子はどうだ」

「変わりありません。ワタシのことは完全にサクラさんだと思われています。今は眠っています」

「そっちじゃない。お前の調子だ」

「ワタシは問題ありません。アヤセ様がこうして定期的に来て手入れをしてくださるお陰です」

「あまり当てにするなよ。もうとっくにジジイなんだ」

「お体を労って、無理はしないでください」

「言われなくても人間の体のことはオレのほうがよく知ってる。さっさとやるぞ」

「キサラギ様の様子はご覧になりませんか」

「いらん」

「承知しました」

「そこに座れ」

「はい」

「……とりあえず、外側は問題なさそうだ。どこもぶつけたりしてないだろうな」

「してません」

「中開けるぞ」

「はい」

「前回は音声周りの部品を交換したんだったか。……その後調子は？」

「問題ありません」

「そうか。不調があれば正直に言え。元々のつくりが上等じゃないんだ」

「はい」

「それにしても……。最初にお前の中身を見た時は本当に血の気が引いた。あんな付け焼刃の知識と技術でよく動けてたな」

「小まめにメンテナンスをしてくださってましたので不調はありませんでした」

「そのメンテナンスする人間がポンコツだったんだろうが。土台になったオレの作品がよかったお陰だ」

「キサラギ様はアヤセ様のことをとても褒めていらっしゃいました」

「なんだそれ」

「サクラさんを修繕してみて、アヤセ様の知識と技術がどれだけ優れているかを実感したとのことでした」

「何を今更……。当たり前のことだ。あいつとオレじゃ格も、かける思いも違うんだ。ここの部分、そろそろ替え時だな。いったん接続解除するぞ」

「はい」

「……よし。腕、動かせないな？」

「動きません」

「古くなった線を交換するだけだ。すぐ終わるからじっとしてろ」

「はい。一つ伺ってもいいですか」

「なんだ」

「キサラギ様のことはお嫌いですか」

「そんなこと、聞いてなんになる」

「こうして訪ねて来てくださる反面、キサラギ様に対して好意的でない言動に矛盾を感じました」

「単純な話だ。あいつのため来てるわけじゃない。お前のためだ」

「ワタシですか？」

「オレがあいつから頼まれてやったのはあくまでお前の世話をすることだ。初めは、そりゃあ頭にきたがな。よく連絡してきたもんだって。けどあいつがオレの作品をもう一度動かせるようにしたって言うもんだから、どんなもんなのか見定めてやろうと思ったんだ。どうせろくでもないものを作ったに決まってるってな。まあ半分は予想通りだった」

「半分は予想以上だった、ということでしょうか」

「変な深読みは止めろ」

「アヤセ様の言葉をそのまま解釈しました」

「……正直、本当に動いてることには驚いた。オレにはそれがどれだけ大変なことか分かる。その努力は認めてやってもいいと思った。だからこうしてお前のためにここに来ている」

「理解しました。ありがとうございます」

「——なあ。お前いつまでここに居るつもりだ」

「どういう意味でしょうか」

「まともに手入れもしてやれなくなったあいつの傍じゃ、いい環境とは言えないだろ。それでも今はまだあいつの世話をする仕事があるのかもしれないけどな。そのうちあいつが死んだらどうする」

「それはワタシが選択できるならという仮定の話でしょうか」

「その解釈でいい。お前みたいなのは人の居ない場所に残されても意味がないだろ。行くあてがないなら、オレが引き取ってやらんこともない」

「アヤセ様のお宅ですか?」

「お前を見てるとオレはかなり複雑な心境にはなるが……。それでも作られた物にはなんの罪もない。誰かが最後まで正しく使って、手入れをしてやるべきだ。オレならそこらの連中より腕も知識もあるし、ある程度設備も揃ってる。頭も体もまだまだ元気なもんだ」

「とても有難い提案ですが、その必要はありません」

「なんだと?」

「アヤセ様にお願いがあります」

「なんだ」

「キサラギ様が亡くなられた後はワタシのメンテナンスは不要としてください」

「何言ってるんだ」

「キサラギ様はワタシに亡くなる時まで側に居て欲しいと仰いました。その約束が果たされたのならワタシの役目も終わりです」

「その後だっていくらでも別の場所で働けばいいだろ」

「ワタシはキサラギ様が作られた、キサラギ様のための存在です。その後の活動は望みません」

「そんなものはいくらでも上書きできる。あいつが作ったって言っても半分はオレの作品がベースなんだ。半分はオレのものとも言えるだろ」

「いいえ、ワタシはキラサギ様がサクラさんのために作った物です」

「なんだと。ふん、つまらん……」

「ワタシはサクラさんの記憶を引き継ぐことはできませんでした。キサラギ様はワタシを思い出せなくなりました。ワタシの記憶まで上書きされてしまったら、この家でのことを他にどなたが記憶していられるのでしょうか」

「あいつが居なくなったらどうするつもりだ。誰もいない家で、誰にも手入れされずにいたらそのうち体がダメになる。電気が止まればバッテリーだって保たないだろ。この家と一緒に古びていくだけだ」

「構いません。最後までお二人のことを覚えたまま、人のようにゆっくりと朽ちたいです。キサラギ様と同じように。ワタシが人の真似をしようとするのは間違いでしょうか」

「それが間違いなら、オレの人生の大半も間違いになる」

「先ほどアヤセ様はワタシに選択の余地があると言ってくださいました。ワタシに人のような〝死〟というものはありませんが、可能ならば、そのようにしてワタシは〝死〟を迎えたいです。それがお二人にできるワタシの最後の役目だと判断します」

「……残念だ。オレが面倒見ると言ってるのに」

「お気持ちには感謝しています。ありがとうございます」

「おい動くな、今中身弄ってるんだから。頭上げろ。本当にそれでいいのか。そんなことしたって、どうせあいつはもうお前のことなんか覚えてないんだぞ」

「はい」

「……言っとくが、オレは止まったお前をもう一度直すなんて酔狂なマネはしない」

「はい、大丈夫です」

「わけのわからん奴だ」

「ワタシの願いは叶えていただけるでしょうか」

「……その時までに考えといてやる」

「宜しくお願いします」

「……あいつは忘れたかもしれないけどな。オレが死ぬまでならお前のことを覚えてやってもいい」

「ありがとうございます」

著者プロフィール

**那木 馨**（なぎ かおる）

東京都在住。B型。機械オンチ。
著書『粉ミルク』（2020年、文芸社）

**機械の記憶**

2025年1月15日　初版第1刷発行

著　者　那木 馨
発行者　瓜谷 綱延
発行所　株式会社文芸社
〒160-0022　東京都新宿区新宿1－10－1
電話　03-5369-3060（代表）
03-5369-2299（販売）

印　刷　株式会社文芸社
製本所　株式会社MOTOMURA


ISBN978-4-286-25985-7